新潮文庫

女子的生活

坂木　司著

新潮社版

11098

女子的生活

LIFE AS A GIRL

朝はいつも、大好きなミュージシャンの曲で目が覚める。それもアッパー系で、踊りだしたくなるようなやつ。

とはいえ眠気は残ってる。それでも仕事があるし、なんとか起きなきゃいけない。だって私には、起こしてくれる人がいないんだから。

音楽に合わせて顔を洗って歯を磨き、そのまま朝食の支度。

最近好きなのは、量り売りのシリアル。こないだカルディで買ったアップルシナモンのフレーバーは、ちょっとお菓子みたい。ダイスカットされたリンゴがほのかに甘くて、お砂糖を入れなくてもいいのが、ダイエット的にもいい感じ。

でもまあ、結局はそれだけじゃもの足りなくて、ヨーグルトとかバナナを追加してしまう。腹具合と乙女心は、両立させるのが難しいってことで。

「ごちそうさま～」

唇についたヨーグルトを親指でぬぐい、ぺろりとなめる。一人でも、いただきますやごちそうさまは言った方がいいと思ってる。思ってはいるけど、実際口に出すと、ちょっと寂しくなる。私はそれを振り切るように、勢いよく立ち上がってハンガーラックへと向かった。

実家から出て一人暮らしを始めたときは、こんな気持ちにはならなかった。ただただ自由で、楽しかった。トイレもお風呂《ふろ》も着替えも趣味も、人の目を意識しなくていいっていうだけで、ぜんぶ楽しかった。

なのに今は。

一日のあちこちで、ふっとため息をつくように寂しさを感じる。別に泣くほどじゃないけど、なんとなく肌寒いような、人恋しいような、そんな気分。

それはそれとして、服を選ぶのは毎日ホント悩む。夏が終わりかけてるこの季節は、早めの秋物で先取りするか、ジャストタイムでこなすかがまずポイント。スマホで今日の気温をチェックすると、まだ少し暑いみたい。よし。だったらフレアタイプのシヨーパンにしよう。足には、ちょっとだけ自信がある。

トップスは、やっぱりエアリーな素材のブラウス。でもそれだけだと上下ふわふわでボケるから、カーキの七分袖ジャケットで引き締めてみる。よし。

コーディネートが決まったら、次はメイク。そういえば昔、まだメイク慣れしてない頃はよく、先にメイクをしちゃって失敗したっけ。「あっ！　パジャマ前開きじゃない！」みたいな、ね。

どんなに急いでても、とにかくベースはしっかり。そこをちゃんとしないと、午後から夜にかけてめんどくさいことになるから。あとアイメイクは絶対ね。派手っぽいつけ睫《まつげ》毛は、職場的にNG。だってほら、テクに偏《かたよ》ったメイクって、一般的じゃないでしょ？

髪は、とりあえずゆるパーマかかってるから、あんまり工夫しなくていい。オフのときなら色々遊ぶけど、ウィークデイは定番的に下ろしてる。

言ったら、全体的にゆるふわモテ系。でもそれだけじゃ女子ウケが悪いから、目と唇にはクールさもプラス。そうしないと、カーキのトップスが浮くしね。

靴も軽く悩んだけど、ちょっと太めのヒールにした。足のサイズが大きいからいつもデザインで悩むんだけど、これは久々のヒット。太いヒールの安定感とごつさが、ふわふわ系といいバランス。

最後に鏡の前で、全身チェック。くるりと回ると、ショーパンのフレアがふわりと広がる。それが嬉《うれ》しくて、つい首回りにスモーキーなピンクのスカーフなんかも追加してみたりして。

ふわふわ、ゆらゆら。こういう服を着るたび、女の子っていいなって思う。

家を出る前に、私はちらりと部屋を振り返る。閉まったままのドア。２ＬＤＫは、私には広すぎる。


「ごめん！　ホンットーにごめん！」

そう言ってともちゃんが頭を下げたのは、先月のこと。

「――彼氏、だよね？」

私がたずねると、ともちゃんはでへへと笑った。

「わかるう？」

「わかりすぎ。それに浮かれすぎ」

ともちゃんはここのところ、毎日にやにやしながらスマホいじって、夜遊びを断るようになって、週末にはおべんと作ってた。そんな姿を見てたら、誰だってわかる。

「でさあ、一緒に住もうって言われちゃったんだよねえ」

「そうなんだー」

わざと「ふーん」的に嫌みを言ってみても、恋する乙女には通じない。

「狭いんだよお？　だからベッドなんて、置けないの。おふとんだって、セミダブルのひと組みがギリ。も、ホント困るよねえ」

「困ってるようには、どこをどう見たって見えないんだけど」

「だからあ、ごめんってー！」

くるんくるんのまつげをテーブルにくっつけそうな勢いで、ともちゃんは頭を下げた。

「まあね。いつかこういう日が来るんじゃないかとは、思ってたし」

ローズヒップティーをごくりと飲んで、私は酸《す》っぱさに顔をしかめる。するとともちゃんはそれをどう誤解したのか、私の両手を握った。

「ちょ、ちょっと。こぼれるって」

「泣かないで！」

「へ？」

「みきが泣くと、あたし、もうどうしたらいいかわからない！」

いや、別に盛大に泣こうとしてたわけじゃないんだけど。そう言おうとして、私はやめた。せめてこれくらいは、意地悪させてもらおうかな。

「――ともちゃんと二人で暮らして、私、本当に楽しかったよ」

うつむいたまま。ぽつりとつぶやく。ともちゃんはこういうのに、ものすごく弱い。

一回も見てないドラマでも、別れのシーンだったら絶対泣く。泣きまくる。しかしあれ、どうやって感情移入してるんだろ。

「やだ。やだやだ。そゆこと、言わないで」

「だって本当だもん。二人じゃなきゃできなかったこと、いっぱいしたよね。朝まで恋バナとか、一緒にお花見弁当作ったりとか、メイクの実験とか、ぜんぶぜんぶ楽しかった」

「……みきぃ」

ともちゃんの瞳《ひとみ》は、もはや堤防が決壊寸前。そこへ、とどめの一撃を。

「ありがとう。幸せになってね」

「うわあああーん！　みきぃ〜!!」

立ち上がって、私を押し倒す勢いで抱きついてくるともちゃん。ちょっと、流れたマスカラが服につきそうなんだけど。

だけど、やっぱり。

「私も寂しいよ〜〜!!」

言いながら、ともちゃんにハグ返し。ありがとう、は本当の気持ち。だって今の私があるのは、ともちゃんのおかげだから。

　専門学校時代、私はともちゃんに出会った。きっかけは、同じ趣味の人が集まるSNS。なんとなく気の合いそうな子がいるなあと思ってたら、向こうから声をかけてきた。それでリアルに会って喋《しゃべ》ってみたら、すごく楽しかった。

　お洋服とか、インテリアとか、イベントとか、とにかく何でも一緒に出かけた。一人じゃ気後れする場所にも、二人なら行けた。ていうか、二人でちょうどよかったんだよね。ともちゃんはすごくメイクがうまくて、私は洋服の選び方がうまかったから。

　それはそれとして、ちゃんとできたメイクやお洒落《しゃれ》って本当にすごい。ただのブスだった私が「個性的」になり、大嫌いだった鷲鼻《わしばな》が「外人みたい」になる。気になってた平たい胸や身長も「モデルみたい」って言われて、もう、なんていうか実家にいた頃のコンプレックス帳消し。

　中でもやっぱりすごいのは、男の人の変化。前は「物か」ってくらい無視されてたのに、メイクしてると「おっ？」ってなって、にっこり微笑《ほほえ》まれる。道を聞いたら店の外まで出て教えてくれるし、なんなら地図まで描いてくれる。飲食店では「サービスです」ってデザート出てきたりするし、なんかもう違う世界にいるような気分。

　だからまあ、こうなるのは自然だった。

「ね。あたしたち、一緒に住まない？」

ともちゃんに見せられたのは、２ＬＤＫの図面。築四十年の古いマンションだけど、駅は近め。でもってその駅から、学校や都心まで三十分。家賃は管理費入れて八万円。つまり、半分こしたら四万円ってこと。

一瞬、悩んだ。確かに安いけど、私は誰かと住むなんて考えたことがない。お風呂やトイレも不安だし、なによりケンカしたりしたら、どうしよう。そんなことを考えていた私に、ともちゃんはたたみかけた。

「ね。部屋だけじゃなく、お洋服もシェアしよ。それで一緒にお洒落して、お出かけしようよ」

ずるいよね。ホント、ずるい。こんなこと言われたら、もう絶対妄想一直線だもんね。

でもって、そっからはもう、夢の東京ライフ。思いっきりお洒落して、好きなインテリアでお部屋を飾って、二人で夜更《よふ》かしイベントに参加したりして。

そしたら、あっという間に二年が過ぎた。専門学校を卒業したあと、ともちゃんはメイクアップアーティストのアシスタントになり、私はアパレルの会社員になったけど、同居は続けた。だって収入が増えたぶん、ルームシェアはもっと楽しくなったたから。

気分だけで言ったら、ニューヨーカーね。そもそも私、ルームシェアって言葉だけでご飯おかわりできるもん。学生の頃は我慢してたスタバも買い放題。カップケーキ買って、代々木公園のフェス見ながら食べて、下ネタ話して笑いあって、最高だった。

でもね。ニューヨーカーだから、終わりが早いのも知ってた。ていうか、彼氏ができて出ていくっていうシチュエーション自体、おいしいよね。ドラマみたい。てことは、残された私もそれっぽい。

「さあ、新しいルームメイトを探さなきゃ！」的な？

それって、お洒落っぽくない？

＊

とはいえ、ここは日本。だからそうそう次の相手は見つからない。

ともちゃんは「お詫《わ》びの気持ち」と言って、来月分の家賃を入れていってくれたけど、それでもできるだけ早く相手を探すに越したことはない。

(でなきゃ、ここを出るか——)

そう考えるだけで、悲しくなった。だってこの町、住みやすいんだもん。近所の人は優しいし、商店街のお惣菜《そうざい》は安いし、お洒落でこそないけど、なんか居心地がいい。今日も仕事帰りに、顔なじみのお肉屋さんに顔を出す。メンチ一つください、と声をかけるとおじさんが振り向いた。

「ああ、お姉さん今帰り？」

「そう。もうね、今日は立ちっぱなしだったから疲れちゃって」

片足を上げてヒールを見せると、おじさんはわははと笑う。

「女の人は、色々窮屈そうで大変だねえ」

コロッケ一個おまけしとくよ。そう言って、ほんのりとあったかい紙袋を手渡してくれる。うん、こういうとこがね、いいんだよね。

「ちょっとあんた、また油売って」

おじさんの背後から、おばさんがにゅっと顔を出す。

「いつもどうもね。あら、そんな足出して、寒くないの」

「大丈夫ですよ〜」

私がにっこり笑ってみても、おばさんは笑わない。

「冷えはね、よくないよ。若いからって浮かれてると、年取ってつらい目みるから」

「はーい。気をつけまーす」

素直に頭を下げる。おばさんは、絶対におまけしてくれない。ていうか、何か見透かされてるような気もする。でもあえて口に出さないあたりが、東京だよなあって思う。

よし。つまみも手に入れたし、家に帰ったら低カロリーの発泡酒を飲んじゃおう。私はダイエットのために、エレベーターをパスして階段を登る。するとマンションの廊下に、人がうずくまっているのが見えた。

やだなあ、酔っぱらい？　そう思った瞬間、そいつが私の部屋のドアにもたれかかっていることに気がついた。

（——誰!?）

声をかける前に観察してみると、どうやら男の人のようだった。しかも、若い。その上、寝てる。

着てるものや雰囲気からして、危ない人ではなさそう。もしかしたら、ともちゃんの知り合いかも。そう判断して、声をかけることにした。

「あのう。うちに何か用ですか」

「え？　あ、ああ」

男の人が、びくりと顔を上げる。そして私を見た瞬間、慌《あわ》てて立ち上がった。

「あ、すいません！」

言いながら、ポケットからスマホを出して画面を確認する。

「あの、ここに小川って奴《やつ》が住んでるって聞いたんですけど——」

なにそれ。私は、自分の身体《からだ》が強《こわ》ばるのを感じた。

「もしかして、彼女ですか」

「……違いますけど」

慎重に、返事をする。しながら、頭の中を検索しまくってた。

こいつ、誰。


「困ったなあ」

男は、スマホの画面と私の部屋番号を何度も見返す。その顔をじっと見ていて、気づいた。後藤だ。

「小川さんに、何の御用でしょう」

社交辞令としてたずねてみると、後藤はぱっと顔を輝かせる。

「あ、やっぱりあいつの知り合いなんですね」

「まあ……」

「俺、小川とは高校のときのクラスメイトで、でも親友ってほどじゃないんですけど」

ふむ。嘘《うそ》は、ついてない。高校時代のお昼ご飯グループの一人で、毎日一緒にお弁当や菓子パンを食べてた。でもつきあいはカラオケくらいで、そこまでは深くない感じ。『二人だけで遊んだことはないけど』って、メールにも書いてあったし。

「なにか、急ぎの用があるんですね」

私の言葉に、後藤は軽くうなだれた。

「はい。実は俺——ちょっと事件に巻き込まれて、いくとこなくなっちゃって」

なにそれ。私は思わず、後藤の顔をまじまじと見てしまった。ふむ。高校時代からあんまり変わってないね。目の下にクマはないし、おかしな皺《しわ》もない。ごく健康そう。とりあえずドラッグやメンタル系ではなさそうで、ほっとする。

「事件、ですか」

「まあ、事件っていうか、身ぐるみ剝《は》がれたっていうか」

「は？」

思わず、心の声が外に出てしまった。なにそれ。

「ヤミ金です。ていうか、俺のじゃないんですけどね。親しい奴が、そっち系から借りてたらしくて。そのとばっちりで」

「それは……大変でしたね」

「昨日、家具全部持ってかれました。しかも有り金全部出せって言われて」

うわ、絵に描いたようなB級悲劇。じゃなくて、明らかに違法でしょ。こんなとこで喋ってるヒマがあったら、消費者センターとか警察とか行った方がいいんじゃない？

「それで俺、今マジで金なくて。でも、こっちにあんま知り合いとか頼れる奴とかいなくて。それで同郷のよしみっていうか、小川なら泊めてくれるんじゃないかなって思って来たんですけど」

なるほどね。確かにメールしてた理由の一つが『俺もこっちにいるから、いつか飲もうぜ』だったもんね。

「小川さんに、電話やメールをしてみては？」

「それが……慌てて逃げてきたんで、もう電池がほとんどなくて」

これだから、甘やかされた男ってのは。私は心の中で舌打ちをする。

そもそも駅前には携帯ショップがあるし、ファストフードのトイレや、ショッピングビルの廊下。無料で、というか違法に充電できる場所だって、都会にはいくらでもある。

(女子のサバイバル力を、見習えっての)

そんな私の前で、後藤は弱り切ったように肩を落とした。

「あの——つまり、マジで困ってるんです」

そして、言い終わったところで顔を上げる。からの、二度見。ああ、これは「おっ」の表情だ。あんた、そういう場合じゃないでしょうが。

「——彼女じゃないって、言いましたよね」

「はい」

「じゃあ、小川とどういう関係なんですか」

答える気はないし、その義理もない。だから、女子の武器を使わせてもらう。

「さあ?」

にっこり微笑むと、後藤は困惑したまま笑顔を返す。

「友達、とか」

「さあ?」

そのまま数十秒。めんどくさくなってきたので、私はバッグから部屋の鍵《かぎ》を取り出す。するとすがるように、後藤が声を上げた。

「ちょ、ちょっと待って！」

腕を軽く摑《つか》まれたので、「きゃっ」と叫ぶと、後藤は慌てて手を離す。

「すいません、お願いです。俺、マジで小川しか頼れる奴がいないんです。だからせめて、連絡してもらえませんか」

表情から「おっ」が消えていた。

「——ご実家に帰ったりは？」

私が言うと、後藤はうなずいて財布を取り出した。その中身、五百円。

「これが、来月の給料日までの全財産です」

彼の実家までの交通費には、確かに足りない。でも、なんていうか、ここに来る以外にもっと方法はあるんじゃない？

「ご実家に電話してお金を送ってもらうとか、家族の方に迎えにきてもらうとか、できないんですか？」

だってそもそも、他人の借金を払わされるって法律的におかしいでしょう。私の言葉に、後藤はうつむいた。

「実家は——無理です」

「なんで？」

「だって、恥ずかしいじゃないですか。男として言えないですよ、こんなの」

それを聞いた瞬間。私は後藤に背中を向けた。そして素早く鍵を開けて、後ろ手でドアを閉める。「男として」って、なに？　甘えんな。

「あの！　ちょっと！」

後藤が、ドアを叩《たた》いた。私は新聞受けを指で開けて、そこから叫び返す。

「あんまりしつこいと、警察を呼びますよ！」

さすがにそれはまずいと思ったのか、急に外が静かになった。私はため息をつくと、持ったままだった紙袋をテーブルの上に置く。せっかくのメンチが、冷めてしまった。まったくもう。

気持ちを落ち着かせるため、ゆっくりとお風呂に入った。それから冷蔵庫を開けて、発泡酒を出そうとしたところで、ふと思い立って玄関に行く。ドアスコープから外を覗《のぞ》くと、そこには後藤のつむじが見えていた。

なんだかなあ。

私はため息をつきながら、ドアを開ける。

「よかったら、どうぞ」

後藤はつかの間びっくりしたような表情を浮かべ、慌てて立ち上がった。

「あの、いいんですか？」

「他の人に通報されたら、困りますから」

とりあえずリビングに案内して、お茶をいれることにする。

「可愛《かわい》い部屋ですね」

「ありがとう」

ソファーに座った後藤の前に、ミルクティーを置いた。すると後藤の視線が、部屋着のVネックに移動する。そこでわざとらしくパーカーの前をかき合わせてみせると、視線をさっとそらした。もうホントにホントに、バカだなあ。

チンと音がして、パンがあたたまった。そこにコロッケとレタスを挟んで、ソースとマヨネーズをかける。

「どうぞ」

コロッケサンドを出すと、後藤はすごいいきおいで食べはじめた。お金がないのは、本当らしい。

ものを食べているとき、人は無防備になる。私は自分用のメンチカツサンドを脇《わき》に置いて、彼を観察することにした。

髪型は、悪くない。服もまあ悪くない。ストレートのデニムにTシャツ、上着がわりに羽織った半袖シャツは細身のシルエット。特に個性は感じられないけど、それなりに都会っぽいファッション。

(後藤のくせに)

心の中で毒づくと、それが聞こえたかのように後藤が顔を上げた。顔は、まあブサイクではない。それでもちょっといい感じに見えるのは、髪型のおかげだろう。

「……あれ？」

後藤は、ゆっくりと首をかしげる。

「もしかして、小川のお姉さんとかですか」

「なんでそう思うの？」

「表札の名字が——」

なるほど。ともちゃんのかけた表札を見たわけね。それで小川に似てるけど、名字が違う理由を考えたわけだ。ふん。頭も悪くないよね。だってメールには『IT系の専門学校を出てから、そっち系の会社に就職した』って書いてあったもん。だったらそろそろ、わかってもいい頃なんだけど。

「小川家に、女の子はいませんよ」

でも、自分から教えてあげる気はさらさらない。私はメンチカツサンドにかぶりつくと、唇についた油を親指で拭《ぬぐ》った。すると、いきなり後藤がソファーから立ち上がる。

「あ！　……あれ？」

「なんなんですか」

「いやその、え？」

混乱した表情で、後藤は私の顔を見つめた。手にはまだ、コロッケサンドを持っている。私はそんな彼を尻目《しりめ》に発泡酒を飲み、再び唇を親指で拭った。

「――それ！」

コロッケサンドを持っていない方の手で、後藤が私を指さす。

「はい？」

「それ――見たことある」

疑問、否定。再び疑問、そして再びの否定。困惑。逡巡《しゅんじゅん》。後藤の表情は、面白いように変わる。

まあ、よくあることだ。ていうか、もう慣れた。

私はその顔面イリュージョンが終わるのを、ただじっと待つ。そしてショーを終えた後藤が、かすれた声で問いかけた。

「……小川？」

「はい？」

私は、後藤に向かってにっこりと笑う。ようやくたどりついたな。

「……小川、幹生《みきお》？」

はい。「みき」こと、小川幹生です。

「え？　なにそれ？　なんでこんなことになってんの？」

こんなこと、って、ねえ。言われても困るっていうか。

「え？　コスプレ？　おかま？　じゃなくてニューハーフ？　ホモ？」

混乱のおさまらない後藤は、なんか色々と失礼な言葉を並べ立てる。でもまあ、初回特典ってことで許してあげよう。

「一番近いのは、女装。まだカラダはいじってないから」

「え？　じゃあオンナのカッコしてるだけなの？」

「だけ、じゃないかなあ。私は女の子になりたいからね」

そう。私は女の子が大好き。そして女の子になりたい。だから今、実家を離れて思いっきり『女の子ライフ』を満喫してる。

「それって……性同一性障害ってやつ？」

おお、よく知ってるね。ドラマとかでやると、一般の認知度も上がるなあ。

「近いけど、違う。まあ一番近いのは、トランスジェンダー。最近だと性別違和とも言うけどね」

「――よく、わかんないんだけど」

「わかりやすく言うと、私は女の子になって女の子とカップルになりたいの」

それを聞いた後藤は、マンガみたいに口をあんぐりと開けた。

「女の子と……女の子？」

「そう。心はレズビアン」

でも、身体は男。そう説明すると、後藤はさらに混乱する。

「え？　え？　つか、なにそれ？」

「まあ、身体はいつかどうにかしたいけど、手術するにはお金も必要だし。ていうか、手術するほど方向性が定まってないっていうか」

正直、これは私にもまだわからない。なぜなら私は、男の身体を嫌悪《けんお》しているわけではないからだ。

「だってほら、このままだったら好きになった女の子と偽装結婚もできるし」

「や。偽装じゃなくて、それ、フツーの結婚だろ」

「違うよ。だって女の子同士だもん」

「じゃなくて、性別的にはさ――」

言いながら、後藤は力尽きたようにソファーに腰を下ろした。

「……家族とか、知ってんの」

「知ってるよ。でも親戚《しんせき》までは言ってない。だから帰るときは、男のカッコしてる」

「え。じゃあさ、俺にバラしちゃっていいわけ」

ふん？　そこ気づくんだ？　私は軽くうなずく。

「いいよ、別に。もうふっ切れてるから」

「だってその、悩んだりとか、隠したりとか――」

「だから、そういう時期は過ぎちゃったんだってば。まあ、実家にいたら面倒だったとは思うけど、東京にいる限り、何の不都合も感じないし」

むしろ今の悩みは、彼女がいないことなんだけど。私が言うと、後藤は微妙な表情になった。

そう。私の性的指向はあんたと一緒。同じ獲物を狙《ねら》う、ライバルなの。

「で、その……いつから、そうだったわけ？」

「うーん、中学生くらいに『あれっ？』って思って、方向性が定まったのは高校のときかな。それまでは、単に女の子の方が気が合うなあって思ってた」

それにつきあいたいのは女の子だったから、矛盾がなかったのね。私の説明に、後藤はゆるくうなずいた。

そしてもう一度、おそるおそる、私の顔を見る。

「……マジで、小川かあ」

「サービスで、すっぴんにしてあげたんだよ」

でも眉《まゆ》は整えてるし、髪はくしゅくしゅアップにしてあるから、女子っぽくはあるけどね。

「輪郭とかわかるけどさ、やっぱ、違うなあ」

「そう？」

「――つか俺、もしかしてヤバい感じなのかな」

私が首を傾《かし》げると、後藤は両手を胸の前で交差させた。

「だってこういうの、エロゲのフラグにあるじゃん。美少女かと思ってついてったら、掘られました的な？」

「はあっ⁉」

私が思わず立ち上がると、後藤はびくりと身をすくませた。何それ。

「ふざけないで。何度言わせれば理解するわけ？　私が好きなのは、綺麗《きれい》で可愛い女の子なの。靴の踵潰《かかとつぶ》してるような、きったねえオトコなんか触りたくもないっ！」

初回特典終了。もう、こんな奴家になんか入れてやるんじゃなかった。私は自分の部屋のクローゼットから毛布とごろ寝マットを取り出すと、後藤に投げつける。

「そこの部屋で寝て。明日には出てって」

頭に毛布を引っかけたまま呆然《ぼうぜん》としている後藤に、私はひと言つけ加えた。

「『トランスジェンダー』で、ググれカス」

＊

翌朝、後藤はまだ眠っていた。

「ちょっと、私仕事に出かけるんだけど」

そう言って声をかけると、ぼんやりとした顔で私を見つめる。

「いや俺、全然いけるわ」

「は？」

「昨日さ、スマホ充電してちゃんとググったよ。それはそれとして、お前、すげぇ『女』だなあと思って」

「何が言いたいの」

「女装の男っぽくないし、気持ち悪さもないし、すげぇ自然。小川って知らなかったら、全然いけるなって思って」

それってほめられてるわけ？　私は「それはどうも」とつぶやきながら、テーブルを示す。朝食は、最後のサービスだ。しかしシリアルとフルーツとヨーグルトを見た後藤は、「鳥のエサみてぇ」とつぶやく。

「嫌なら、食べていただかなくて結構」

私が皿を下げようとすると、慌ててスプーンを握る。

「いやいや、食べるよ食べる！　つか食べさせて下さい」

わしわししゃりしゃり。高価なシリアルを、無造作に口に放り込む。こんな奴には、子供用のコーンフレークスで充分だっての。私はともちゃんとの優雅な女子ライフを思い出しながら、唇についた牛乳を親指でぬぐった。

「あ、それ」

後藤が、ほっぺたをリスみたいに膨らませたまま私を指さす。

「その癖。昨日、それでわかったんだ」

「――ああ」

「小川ってさ、菓子パン食ったあともそれやってただろ」

「カマっぽいとか、思ってた？」

私が微笑むと、後藤は首を横に振った。

「いや。逆に『かっけー』とか思ってた」

「なにそれ」

「なんかハードボイルドっぽいっていうか、そんな感じで見てたよ」

へえ。私はちょっとだけ、懐《なつ》かしい気持ちになる。

そういえば後藤は、どうでもいいことによく気がついた。それは菓子パンが小さくなったとか、友達のカラオケの平均点がいくつ上がったとか、もう本当に、心からどうでもいいことばかり。

「後藤も、変わんないね」

「そ？」

最後にコーヒーを飲み干すと、後藤は「ごちそうさま」と手を合わせた。ふうん。まあまあ教育されてる。

「それじゃ、行こうか」

私が立ち上がると、後藤は不思議そうな表情をした。

「え？　なに、俺も家出るの？」

「当たり前でしょ。鍵は一つしかないし、高校時代の友達っていっても、数年ぶりに会ったらほぼ他人なんだから」

それに第一、あんただって会社あるんじゃないの？　そうたずねると、後藤はしゅんとうなだれる。

「――行きたくないなあ」

「はあ？」

「だって、昼飯代とかないし」

バカか。バカなのか。

「あのさあ、同僚にお金を貸してもらうとか、考えなかったわけ？」

私の言葉に、後藤ははっと顔を上げる。

「あ、そっか」

バカだ。本当のバカだ。

「でも、ここ定期の使える駅じゃないし……」

「それくらいは貸してあげるから」

喋りながら歩いていると、お肉屋さんの店先を通りかかった。まだ店が開く時間じゃないけど、おばさんが前の道路を掃除している。

「あ」

ちょっとだけ、逡巡。でもここはきっぱりと笑顔で。

「おはようございまーす」

「はいおはよう。行ってらっしゃい」

あーあ。きっと私、彼氏を泊めたとか思われたんだろうな。泊めたいのは彼女なのに。そう思うと、微妙にへこんだ。

基本的に、生活の中のイレギュラーは嫌いじゃない。でもそれがヘテロの男性ってとこが、困る。それも、過去の自分を知っているならなおさら。

(――めんどくさ)

パソコンのキーボードを叩きながら、私は心の中でつぶやく。

もしかしたら後藤は、今頃会社で私のことを話しているかもしれない。あるいは、メールで高校時代の友人に伝えているかもしれない。まあ、後藤に言ったとおり隠し立てするつもりもないけど、吹聴《ふいちょう》されて嬉《うれ》しいことでもない。

（……「いけるわ」とか、全然いらないから！）

エンターキーを力任せに叩くと、ネイルのパーツが剝がれた。ああ、せっかくきれいにできてたのに。私は軽く落ち込んだ。

気分が乗らないと、仕事もはかどらない。私は残業用の資料を抱えて、定時で家に帰ることにした。すると、またしてもドアの前に後藤が座り込んでいる。

「なにしてんの」

「いや、ちょっとお礼しようかなって思って」

立ち上がって、缶ビールの入ったビニール袋をこちらに差し出す。

「ありがと」

私はそれを受け取ると、そのまま後藤に背中を向けた。

「ちょ、ちょっと待てよ！」

「なに？」

「いやフツーそれ、一緒に飲まね？」

「あ、私、フツーじゃないから」

「それはわかってるけど、いやそうじゃなくて」

慌てる後藤に、私は向き直る。

「あのさ、これが買えたってことは、誰かにお金を借りられたんだよね？　だとしたら、もう私に用はないよね」

そう告げると、後藤は言いにくそうにもごもごと答えた。

「いや、正直、借りられたのは一万。同期もみんな金なくて。でもそれで実家帰ったら、会社休まなきゃいけないし。どっちにしろ新しい部屋はこっちで探すわけだし」

「つまり？」

「その――給料日まで、ここに泊めてくれないかな」

なにそれ。私はため息をつくと、ビニール袋を後藤に突き返す。

「冗談じゃない」

「頼むよ」

「マン喫《きつ》で寝れば」

「俺、ああいうとこの匂《にお》い、苦手なんだよ」

まあ、それはわかる。でもわかるのと受け入れるのとは、別の問題。

「本当に、頼むよ。あとその袋の中、よく見てみろよ」

ふん？　私はつい、袋の中を覗き込む。そこに見えたのは、揚げドーナツみたいな菓子パン。

「これ……」

「懐かしいだろ？　小川、よくそれ食ってた」

嬉しそうに言う後藤を、私は無言でグーパンする。

「いって！　てかなんだよ、いきなり！」

「あんた、これのカロリーがどんだけすごいか知ってんの!?」

「へ？」

油脂を吸いまくった小麦粉と砂糖のかたまり。それがどんなにハイカロリーで、どんなにおいしいことか。そして私が、それをどれだけ見ないようにしてきたことか。

「もう、十代の代謝力はないんだから！」

それを、こんな、いくつも。いくつも。

「この……バカ!!」

私はもう一度、後藤に向かってグーパンを見舞う。そしてうずくまった後藤を見下ろして、つぶやいた。

「入れば」

コーヒーをアメリカンにして、がぶがぶ飲んだ。飲みながら、菓子パンをかじった。

ああもう、くっそうまい。

「怒ってんの？」

「別に」

かじりながら、ノートパソコンで残業を片付ける。テーブルの正面では、後藤が同じように菓子パンをかじりながら、タブレット端末をいじっていた。

「なんかさあ、こうやってると高校んときみたいだな」

「んー、そうかな」

「そうだよ」

だらだらとして、緩みきったこの雰囲気。確かに、ちょっとだけ、懐かしくはある。

「小川は、他の奴と連絡とってる？」

「あんましてない。メール来たら返すけど、あえて言ってないから」

私たちのグループは、良くも悪くも軽いつきあいだ。でもそれが私にとっては、救いでもあった。まあなんていうか、深刻ぶらずにすんだっていうか。

「そっちは？」

「俺も似たようなもんかな。まあ、実家帰ったときは会ったりするけど」

「結局、社会に出たり実家を離れたら、こうなるんじゃない」

距離や時間を隔てれば、つきあいは薄れる。そんなものだ。

「でも、新しい環境で逆に近くなる人もいるでしょ」

私の言葉に、後藤がぼそりとつぶやく。

「——俺、ついこないだまで同棲《どうせい》しててさ」

「は？」

なにそれ。この後藤が、女と同棲!?　うわあ、イメージないわー。

と思ったけど、妙に納得もした。理由は、そつのないファッション。これは確かに、彼女持ちの男だ。

「借金してたのって、その彼女でさ。だから家にも言いにくいっていうか——」

「ああ……」

「彼女さ。一昨日《おととい》、何も言わずに逃げたっきりなんだ」

「あー……」

なんていうか、どこまでも安っぽいピンチ。同情する気も起きやしない。ていうか、一体どういう女とつきあってたんだか。

「すごく近くにいると思ってたんだけど」

「遠かった？」

「なのかなあ」

まあ、あんた女心とか、絶対理解できなさそうだもんね。そう口に出すかわりに、私は菓子パンの袋をひとつ、後藤に投げた。

それからしばらく、また黙って作業を続ける。

「そういえば後藤さあ」

「うん？」

「会社で、私のことなんか言った？」

「ああ、うん」

菓子パンの油がついた指を舐《な》めながら、後藤はうなずいた。

「幼なじみの、ツンツンで背の高い美人に世話になるって言った」

ぶっ。私は思わず、コーヒーを噴き出しそうになる。

「なにそれ。それこそ、まんまエロゲ設定じゃない」

「まあでも、ウソはついてない感じ？」

「同棲の彼女に逃げられたあと、幼なじみの部屋に転がり込むって展開って……」

ちょっと人生、香ばしすぎない？　私の言葉に、後藤は笑った。

「つか、先輩にどつかれたし。そっちが本命だったのかって」

ははは。乾いた笑いが出ちゃうって。

「彼女って、どんな子だったの？」

「うーん、それはちょっと、言いにくいっていうか……」

あ、これはちょっと突っ込みすぎたかな。失恋してまだ日も浅いのに。私が次の話題を探していると、後藤がぼそりとつぶやく。

「――小川と、似てたんだ」

「はあっ!?」

「お前みたいなふわふわの服着て、髪長くて、鳥の餌《えさ》みたいの食って、でもってすげーツンツンしてた」

唯一《ゆいいつ》違うのは、身長くらいかな。後藤は苦笑してから、タブレットに目を落とした。

「ああ――彼女と似てたから、『そっちが本命』ってことね」

私は深く納得すると、菓子パンをがぶりと嚙《か》んだ。ひどい対応やグーパンをしても怒らなかったのは、そのせいか。

「俺、Mなのかなあ」

「知らんわ」

「高圧的、っていうより、自信のあるタイプに弱いんだよな。俺は、自分に自信がないから」

ふうん。別に私だって、自信があるわけじゃないけどね。私は画面を見つめたまま、つぶやく。

「なんかさあ、一人暮らしも苦手っていうか、できないんだよね」

「どういうこと」

「物理的じゃなくて、ココロ的な問題。ナチュラルに、寂しい感じ？」

ふーん。まあ、今ならわからなくもないかな。

「関係ないけど、小川って誰と住んでたの？」

「ん？」

「あの部屋。物置きじゃないし、えーと……彼女？」

おお、学習したね。

「ううん、友達。ジャンルの近い仲間」

ちなみにともちゃんは、「女の子になって男性に愛されたい」タイプだった。まあ、世間的に認知されやすい方ね。

「じゃあ、今彼女は？」

「いないって言ったでしょ」

ていうかこれ、それこそ普通だったら恋愛フラグ立ってる場面だよね。「じゃあ俺が」的な。「えっ!?」的な。

でも後藤は、ここで予想外の言葉を口にした。

「じゃあ俺が住んでいい？」

「ええっ!?」

「だってあの部屋、空いてるんだろ？」

「そういう問題じゃなくて！」

どこの世界に、女装のレズ女子と住みたがるヘテロ男子がいるのよ!?

「でもさ、同居してたのが友達なら、家賃はワリカンだったはずだよな。だとしたら今、小川が一人でそれを払い続けるのはキツいんじゃないか？」

ああもう。ヘンなところで、頭の良さを使うなよ。バカのままでいろってば。

「だったらさ、俺、払うよ。だから住まわせて」

「やだ」

あんたと住んだら、部屋が男子校みたいになっちゃうじゃない。

「頼むよ。新しいとこ探すの面倒だし、一人暮らしつまんないし」

「私は東京で、憧《あこが》れの！　女子的な生活を満喫したいのっ！」

そう言ってテーブルを叩いた瞬間、カップが倒れた。そのいきおいで、コーヒーがノートパソコンにかかる。それも、けっこう大量に。

「あ、やだっ」

慌《あわ》ててキーボードを操作しようとすると、後藤が「待て」と立ち上がった。

「まず電源。こういうときは、電源落とすのが最優先だ」

「え？」

「早く！」

言われるがままに、電源を切った。後藤はその間にこっちへ来て、表面の液体をティッシュで拭《ふ》いている。

「落ちたら、バッテリーパックを外して」

「あ、うん」

その作業を終えた時点で、いきなり不安になった。データ、消えたらどうしよう。

そんな私に、後藤はたずねる。

「工具、ある？」

持ってくると、後藤は迷わずパソコンを分解しはじめた。

「ちょ、ちょっとなにやってんの」

「何って、レスキュー」

そっか。後藤ってそっち系の仕事だっけ。今さらながら、私は思い出す。

キーボードのカバーを外し、中身を出してペーパータオルの上に載せる。それから基盤をチェックして、ついでに掃除までしてくれた。

「あのさあ」

綿棒でホコリを取りながら、後藤がつぶやく。

「俺、小川の生活は邪魔しないよ」

「え？」

「女子っぽい暮らし？　壊さないように気をつけるし」

ま、共有スペース以外での自信はないけど。そう言って、作業を続ける。

「それに――」

「それに？」

「俺、ツンツン得意だから」

すごーく自然に暮らすよ？　そう言われて、妙に納得してしまった。

「まあ……それはそうかもね」

私がうなずくと、後藤はにやりと笑って綿棒を置く。

「はい終了」

なんとなく、してやられた感がある。でもそれぐらいされて、よかったのかなとも思った。

夢のようで、すべてが自分の思い通りの生活はステキ。でもときどき、「自分」すぎていけないのかなって思うことがある。だからこういうノイズも、たまにはあっていいのかも。

「これさ、ドライヤー使うと熱で支障が出るかもしれないから、自然乾燥にするよ。あと、中身は明日会社で復旧とサルベージしてみるから」

「……ありがと」

とりあえず、今日はもうできることはないから。そう言われて、私は自分の部屋に引き上げた。

夜中、寝ていると水音が聞こえる。ああ、後藤がトイレに入ったんだな。ぼんやりと聞いていると、ドアの閉まる音がした。

そうね。こういうノイズは、嫌いじゃない。

ウザさと紙一重の、安心感。エッジは立ってないけど、まあこれもありか。

クールなニューヨーカーっていうより、シチュエーション・コメディの登場人物みたいだけど。

私はとろとろと眠りに落ちていきながら、少し笑っていた。

翌朝、上がったままの便座に激怒することなんて、知らずにね。

LIFE AS A GIRL

昼休みはね、働く女子にとってすごく大切な時間。それは食事っていうことだけじゃなく、心のリラックスも兼ねた、リセットの場。ご飯を食べて、お茶を飲んで、一息。一人ならゆっくり休めるし、複数なら情報交換って意味合いもある。

でも中には、そんな私たちを見て「ただのお喋《しゃべ》りだろ。なに言ってんだ」とか笑う人もいたりして。けど、そんなこと気にしない。知りたくない奴《やつ》は、一生知らないままでも結構。ただ、それが業務に差し障《さわ》る場合は、理解してほしい。会議はね、会議室だけで行われるものじゃないから。

ていうか、そういうことをぶしつけに言うオトコに限って、使えないのよ、これが（当社比）！

「ね、ランチ行かない？」

声をかけられて、私はうなずく。今日は時間にゆとりがあるから、同僚の女の子と新しいお店のパトロール。メインにサラダとコーヒー、デザートまでついて千円なら完璧《かんぺき》。イタリアンのパスタと、中華の担々麵《たんたんめん》と、カフェの玄米プレートと、さあどれにする？

店への分かれ道に佇《たたず》んだ、女子三人。いきなり手を挙げたのは、ちょい年上の仲村さん。

「ごめん。あたし今日のトップス、白のニット」

「りょーかい。じゃあパスタと玄米プレート、どっち？」

私がたずねると、同い年のかおりが小顔ポーズで首をかしげた。

「うーん……パスタは三種類あったよね？　でも玄米プレートは選べない」

「玄米プレートは、お茶が四種類くらい選べたはずだけど」

私がスマートフォンの画面を見せると、かおりはこくりとうなずく。

「メインとお茶じゃ、レイヤーが違うよね。ということは、メインの選択肢の多さで、パスタ！」

「じゃあ決定」

そう言って歩き出すと、かおりが私の方を見る。

「みきは？　希望ないの？」

「ないよ」

ただ、クリーム系のパスタは選ばないけど。そう答えると、かおりがわかりやすくため息をついた。

「みきは偉いなあ。その自制心、わけてほしいよ」

「わけるわける。そのぶん、女性ホルモンちょうだい」

「あげるあげる。最近、溢《あふ》れまくってるし」

「あんたたちさあ。外でそういう会話、やめてくれる？」

ため息をつく仲村さんに、私たちは振り返って笑う。

「すいませーん」

ちなみに私、社内的にもカミングアウト済みなもので。

「みきさあ、そのバッグ超かわいくない？　どこで買ったの？」

向かいに座ったかおりが、私のバッグをしげしげと見る。

「ネット。行ってみたいけど遠いショップのサイト見てたら、通販やってたから」

「そうなんだー。あたしもおそろしちゃおうっかなー」

小首を傾《かし》げる仕草が、可愛《かわい》い。ザ・女子って感じ。でも仕事はちょっとザル。ま、そこも含めての可愛さなんだけど。

「いいよー。ウェルカーム」

やー、おそろで持とうねー。意味もなく互いの両手を合わせて、指をからめる。うんうん、こういうコミュニケーションが、たまらないのよね。

「なに言ってんの、あんたたち。『おそろ』って、小学生じゃないんだから。仮にもアパレル会社の社員なら、オリジナリティを大切にしなきゃ」

そんな私たちを見て、仲村さんは再びため息をつく。

「じゃあ仲村さんは、このバッグいらない？」

「いらないとは、言ってないし。ただ、『せーの』で買うと、いかにも通販会社の商品っぽく見えるから」

ぶつぶつとつぶやく仲村さんを見て、私は思う。ああ、女子だなあ。

「いいものは、いいですもんね」

そう言ってバッグを差し出すと、仲村さんはうなずく。

「チェックしてもいい？」

「もちろんです」

すると今度は違う目で、バッグを観察しはじめた。縫製。ファスナーのなめらかさ。ポケットの数。持ち手の丈夫さ。そして最後に、自分の着ているセーターにバッグをこすりつける。

そんな仲村さんの行動を、私たちは黙って見ていた。

「うん。合格」

白いニットに色がついてもダメだし、ニットの毛をバッグ自身がもらってしまってもダメ。こればかりは、ネットでチェックできない部分だ。

「わあ、よかったあ。じゃあ安心して買おう」

「つか返品可能だし」

「わかってるけど、やっぱ面倒じゃないですかあ。だから失敗はしたくないんですよねえ」

「――うちみたいなとこ見てると、特にね」

かおりと仲村さんの会話を聞きながら、私はうなずく。うちの会社の通販部門は、そこをうまく利用している。買いやすくて、返しにくいのだ。

たぶん、かなりの確率でこの会社はブラック企業なんだと思う。

今流行《はや》りの安くて可愛い服を、シーズンごとにじゃんじゃん消費させるタイプのアパレルメーカー。それはそれでいいんだけど、まあ労働基準法を守ってないっていう。

その証拠に、人の出入りがもの凄《すご》く激しい。お給料は普通だけど、労働時間がやけに長い。だから体力のある若い人材ばかりが多くて、上司だってせいぜい四十代前半の人がいるくらい。ま、社長も四十代だから当然か。

人が育つとか、年齢で昇進できるとか、そういうのは最初っから無視してる感じ。偉いのは社長とその周囲の人たちだけで、誰も上に登れるなんて思ってない。だから才能のある人や上を目指す人は、すぐに出ていく。

「ある意味、清々《すがすが》しいですよね」

デザートのパンナコッタをすくいながら、私は笑う。それを見た仲村さんが、またもや眉《まゆ》をひそめた。

「悪くない、みたいな言い方じゃない」

「そう思ってますから」

ベリーソースを垂らさないよう、気をつける。紫がかった紅《あか》は、今の色。秋に似合う。

「嘘《うそ》。明らかに、ヤバいじゃん。長くいるとこじゃないよ」

何ごとにも素直なかおりは、ちょっとともちゃんに似てる。だからなんとなく、つきあってしまう。

「黒いってわかってれば、案外やりやすいよ」

言いながら、心の中でつぶやく。それに、一般優良企業で私みたいなのを雇ってくれるとは思えないし。

「オトコ？ へえ、面白いじゃん。うちの服着て似合ってるなら、性別なんて結果オーライってことで」

面接のとき、そう言われてなんて素晴らしい会社なんだと思った。でも返す刀で「で、ついてるの？ 胸は？」と聞かれて面接係をぶん殴ってやりたくなった。けど、まあ我慢した。したした。

だってお金稼がないと生きてけないし。こういう格好できるのも、若いうちだけだろうし。

そしたらそのどっちも揃《そろ》ってるとこで、働けばいいじゃんと。とりあえず他の点は、目をつぶってればいいじゃんと。

ま、そういう感じで私はここにいる。

仲村さんとかおりがどう考えてるかは、知らないけど。

「ああ、やっぱそっち系の仕事なんだ」

輸入食材店で買ってきた、貴重なシリアルをざぶざぶかき込みながら、後藤がうなずく。

「女装ってだけじゃなく、なんかお洒落《しゃれ》だもんな。わかるわかる」

私はゆっくり立ち上がると、後藤の頭頂部にチョップを振り下ろした。

「いって！」

「あれはね、サービスでわかりやすく言ってあげただけ。厳密には『女装』じゃないから」

私は女の子になりたいんであって、女の子の格好をして無意味に嬉《うれ》しいわけじゃない。だって、女の子が女の子の服を着るのは、日常だから。それにそもそも、ジャンルが違うっての。私はぶつぶつと文句を言いつつ、ハーブティーのおかわりを注ぎに行く。

＊

後藤がうちに転がり込んできてから、ひと月弱。「秋かな？」ってくらいの季節は、確実に「秋です！」に変わってきた。

ハーブティーを片手に、私は自分のハンガーラックの前に立つ。仕事柄、やっぱり季節を先取りしたい。でも「冬です！」ってのはさすがにやりすぎ。てことは、晩秋か。

なんとなく、タータンチェックや太めのゲージのニットを、どこかに取り入れたい気分。そこで私は、チェックのスカートとオフホワイトのニットのポンチョに目をつける。

「おお、いいじゃん。なんか雑誌に載ってるっぽい」

ハンガーにセットして持っていくと、後藤がはしゃいだ。

「なに喜んでんの」

「いや、なんか俺、こういうの好きなんだよ。指先のぞく系のやつ」

それを聞いた瞬間、どっと疲れる。はいはいはい、オマエモカー。

「あれでしょ。極寒の中、ざっくり系のタートルネックとか着て、両手を『はーっ』ってして、『寒いねー』とか言っちゃうやつでしょ」

「それそれ。いいよなあ。白い息と、赤い指先」

うっとりと言う後藤の頭頂部を、もう一度ごすんとどつく。

「いって！　なんだよ、また何か悪いこと言ったかよ！」

「だって馬鹿《ばか》でしょ。馬鹿は苛《いら》つくでしょ」

「どこが馬鹿なんだよ」

「あのさあ」

息が白いくらい寒いときに、ざっくり系のニットだけで外に出るなんてあり得ないから。風通しよすぎて、鼻水の方が先に垂れることくらい、男だってわかるでしょ。

私がそう言い放つと、後藤はがっくりと頭《こうべ》を垂れた。

「いやまあ……そりゃそうなんだけど」

「オトコのドリームは画一的な上に、不条理すぎてひくわ」

「じゃあ女のドリームは、どうなんだよ。同じだろ。王子さま的なやつ、あるだろ」

「まあ、ないとは言わないけど」

でも、自分に突っ込む冷静さくらいはあるわけよ。「王子さまｗ」的な。

私がほしいのは王子さまじゃなくて、お姫さま。

可愛くて冷静で残酷で理不尽な、私だけのお姫さま。

「あーあ、どっかに可愛い子いないかなあ」

駅への道を歩きながら、私はつぶやく。すると後藤が「あ」と声を上げた。

「そうだ。小川さ、合コンしない？」

「はあ？」

「いや。昨日さ、職場の奴と話してたんだよ。合コンしてえなあって。だからさ、小川の職場の子とか、どうかなって」

「……私が同僚を差し出して、何の得があるわけ」

むしろ損でしょ。そう言うと、後藤は慌《あわ》てて顔の前で手を振った。

「違う違う！　小川にも得はあるって！」

「どういう意味？」

「こっちからも、女子を参加させる。つまり、俺の方から男2、女2。お前の方からも同じ数。これなら、小川も知らない女子と喋れるだろ」

ていうかあんた、同僚の女の子を己の欲望に負けて差し出していいわけ。そう思ったものの、口には出さないでおく。とりあえず、チャンスはチャンスだし。

「それならいいけど――私、どういう立ち位置で紹介されるわけ」

「前にも話した通り。ツンツンの同級生」

「てことは、女？」

「一応、そう誤解させたままにしてある。嫌ならちゃんと説明するけど」

ふうん。私は後藤の肩を、軽く叩《たた》いた。

「あんたにしては、ナイスパス」


駅で後藤と別れてから、かおりにラインで話しかける。

『IT系のリーマンと合コンの話あるけど、どう？　技術者っぽいからスーツ系じゃないかもだけど』

すぐに、返信があった。

『いいね。行く行く♡』

『あと男二人集めなきゃいけないんだけど、心当たりある？』

『ないこともな。でも、みきのこと知らないかも？　どうする？』

なるほど。私はつかの間考え込んでから、画面に指を滑らせる。

『言わないでいいなら、女でいいよ。相手の方も、私の知り合いしか正体知らないし』

『オッケ。じゃあ声かけてみるね』

この対応の的確さと素早さ。これが仕事に反映されれば、かおりはもっと高い給料を手に出来るような気がするのだけど。

かおりは、私の好きなタイプの女の子だ。でも職場の人間とどうこうなろうとは思わない。同僚とは、戦友でありたい。というかそもそも、このスタイルを貫くことのできる職場を壊すことなんて、したくないし。

守りに入った人生は、つまらない。でも、めったやたらに刀を振り回したいわけでもない。ま、そこまでストレスためてないし。

いい時代になったんだろうな、とたまに思う。

だってちょっと前だったら、私みたいな人間は普通に就職できなかったもんね。そしたらありがちだけど水商売に走るか、自分を否定しながら「男」の顔をして生きるかしかない。

でも今は思いっきり不況で、会社が気にするのは性の指向よりも賃金と労働力。だから私は、ブラック企業が溢れてる今が大好き。ある意味、すごくフラットだなって気がする。あ、「平等」だとは思わないけどね。

そりゃね、本当は健康的な感じで差別されなくなるのがいいに決まってる。でも、それがかなりの確率で絵空事だってこともわかるし。だったら、やり方次第でなんとかなる今って、結構いいんじゃないかなって思う。

スタートラインが底の方に落ちてきてくれたおかげで、私はそれなりに平等な位置からスタートできた気がする。

赤信号で立ち止まり、足もとの白線を見る。つもりはなくて、見たのはつま先。今日は先取りを意識したからブーツだけど、合コンならもっと華奢《きゃしゃ》な足もとがいいな。

軽い音がして、かおりからのメッセージに気づく。

『揃ったよ。ブナンだけど、悪い感じじゃない二人。みきのことは、同僚とだけ言ってある』

『サンキュ。したらあとで、時間と場所連絡するね』

ラインを終わらせ、メールに切り替える。そして後藤に人数が揃ったことを伝えた。

信号が青になり、歩き出す。歩きながら、考える。

さあ、なに着て行こう？

＊

金曜の夜。場所は個室系のちょっとだけ洒落た居酒屋。

「なんていうか、これ以上ないってくらい普通」

店に入る直前、かおりがつぶやいた。

「期待しないでって言ったでしょ」

なにしろ、後藤セレクトなんだし。私は心の中でつぶやく。

「あ、ところで作戦会議、してなかったね」

かおりの言葉に、私は首を傾げる。

「なに。なんかあった？」

「ううん、別にないけど。一応言っとくね。あたしが呼んだ二人、別にどっちとも何でもないから」

ああ、そういうこと。私はうなずくと、店のドアを開けた。

店が普通なら、オトコも普通。それが第一印象だった。

「あ、どうも」

「こんばんはー」

軽く会釈《えしゃく》してきたのは、かおりの呼んだ二人。値踏みの間をおかずに、ちゃんと挨《あい》拶《さつ》をしてくる感じは悪くない。社会人的に、つきあいやすそう。

それに対して、後藤の連れて来た男はわかりやすい。私が個室でコートを脱いだ瞬間に、「おっ」と小さな声を上げる。馬鹿だなあ。あ、馬鹿だから後藤と仲いいのか。リボンタイのついたタイトなブラウスに、フリルのついたショーパン。に加えて、寒さは無視してリボンのついたローヒールパンプス。人呼んで「脚見せつけコーデ」。顔や胸に注目されるのを避ける上で、これはとっても有効。

(でも、こういうとこではほとんどバレないんだけどね)

薄暗い間接照明に、初対面の相手。声ばかりはどうしようもないけど、「ハスキーなの」って言っておけば、たいがいの男はだまされる。男はこういうとこ、本当にチョロい。

でも、女子はチョロくない。

「ごめんなさーい。ちょっと遅れちゃった？」

少し遅れて現れたのは、後藤側の女子二人。瞬時に、私の隣でかおりがちょっと嫌そうな顔をする。まあね、遅れてくるのはある意味セオリー通りだけど。

一人は、なんとなくセクシー路線。ニットの胸元がざっくり開いて、いい感じ。私は巨乳を求めないけど、自分の武器を自覚してる子は好き。唇を厚めに描いてるのは、ハリウッドセレブを意識してるのかな。

そしてもう一人。こっちは正直、微妙だった。でもそれは私だけじゃなく、全員がそう思ってたはず。

ブスなわけじゃない。

ただ、なんていうかあんまりにも空気感が違った。

だって、服が綿とウールで、足もとは革。天然素材重視だけど、男ウケなんて一ミリも考えてなさそうなパッケージ。

「わたし、梅酒。ロックで」

そう言われたとき、たぶん全員が思った。

梅酒、作ってそう。

それがまあ、ホントにそうで笑った。

「梅酒なんて簡単だよ。梅干しの方がずっと大変」

「え？　梅干しも作れるの？」

男の言葉に、彼女はこくりとうなずく。

「うん、しょうがなく作ってる。だって私、市販の梅干しって食べられないから」

それを聞いたかおりが、ものすごい表情を浮かべたまま私を見る。だからその表情、合コン向きじゃないって。私はかおりの肘《ひじ》をつつくと、トイレへと誘った。

「きたよ、オーガニック！　丁寧な暮らし！　ほっこり！」

ドアを閉めた途端、かおりが吠《ほ》える。

「わかるけど」

「いやもう、超むかつくわあ！　久々に会った！　あんなの！」

「わかるけど」

「セレクトショップの店員って！　店、目黒って！　なにそれええ!!」

「わかるけど」

「こっちはケミカルでブラック企業勤務でノットほっこりで悪かったし！」

「かおり、落ち着いて」

私は両手でかおりの肩をぽんぽんと叩く。かおりのこういう、雑な隙《すき》がある感じって大好き。

「しかも今日の男どもときたら、なに!?　ほっこりにやられまくってんじゃん！」

「ああ、ねー……」

正直、あれは予想外だった。もうちょっと合コンずれした男たちなら「そうなんだー」「すごいねー」で流すところを、今日の奴らは「そうなんだー、見てみたいなあ」

「すごいねー、食べてみたいよ」といちいち拾っていったのだ。

でもってその中心で「やだ。見せるほどのものじゃないですよ」「おいしいかどうかはわかりませんけど——今度、持ってきましょうか？」と微笑《ほほえ》む彼女。

そんな彼女の隣にいたら、巨乳は下品でかおりはゆるふわおバカさんに見える。まあそりゃあ、ムカつくよね。

私はかおりをなぐさめながら、後藤にメールを送る。

『目黒の彼女、どうやって誘ったの？』

あんな最終兵器タイプ、後藤の人脈にいるとは思えない。実際、職種も違うわけだし。

『もう一人の子が同僚で、その友達。俺も初対面』

テーブルの下で打ち込んだのか、文章が簡潔だ。

私は、別に彼女のことをどうとも思わない。どうにかなるなら、巨乳ちゃんの方が好みだ。

というわけで。

「かおり、安心して」

「え？」

「援護射撃、してあげる」

そのかわりあんたは、ちゃんと自分の仕事しなさいよ。そう告げると、かおりはようやくにっこりと笑った。

「ありがと、みき。でもあたし、メインターゲットがいないんだよ」

「そんなのわかってるって。ムカつくだけでしょ」

理由は、それで十分。

「したら、行こうか」

私たちはにやりと笑ってうなずき合うと、化粧室の扉を開けた。


まずやるべきことは、おバカさんたちの統制。

「ただいま〜」

テーブルは掘りごたつ式。そこで私は、靴を脱ぐときにわざとらしく体をかがめる。ショーパンを穿《は》いたお尻《しり》は、近くにいた後藤の同僚に向かって思いっきり突き出された。

「あれえ？」

そう言いながら背後の様子をうかがうと、そいつは思いっきりこっちを見ている。

そこで私は駄目押しに、太もものあたりを指さした。

「ね。裏の方、伝線してない？」

「え？　あ、うん」

そいつはぎくしゃくとした動きで、私の太ももに顔を近づける。

「だいじょうぶ、みたいだよ」

「そう、よかった。ありがと」

にっこりと微笑むと、そいつはあははと笑った。そしてそのまま、私をターゲットに変更する。

「ねえ、オーガニック野菜とかって、やっぱりカラダにいいの？」

かおりは問題の彼女の隣に座って、何気ない感じでたずねた。

「いいよ。私的には、体っていうか、心にいい感じがするから食べてるの。自分を作るものだし」

「ふうん、そっかあ。あたしも見習わなきゃ」

かおりはうなずくと、モヘアのニットの襟ぐりをぐっと広げる。

「ここ、見える？　なんかかゆくって。こういうの、アレルギーなのかなあ？」

もともと広めのカットだけに、鎖骨は丸見え。それを向いの席に座った後藤が、食い入るように見ている。そしてそんな私たちを見て我に返ったのか、巨乳ちゃんが技を返しにかかった。

「あ、私もある。昨日、牡蠣《かき》とか食べたからかな？」

Vネックの胸元を、自分で覗《のぞ》き込む。かおりの連れて来た男たちは、それでいちころ。でもお行儀がいいから「アレルギーってこわいよね」なんて、上の空な会話を機械的に繰り返してる。

そこで援護射撃。

「ねえ知ってる？　湿疹《しっしん》とかって、服で見えない部分にできることが多いんだってよ？」

「そうなの？」

男の片方が、巨乳ちゃんの上半身に注目する。

「そう。皮膚がね、やわらかいところが弱いんだって。たとえば、二の腕の裏とか――」

かおりの二の腕を摑《つか》むふりをして、脇腹《わきばら》あたりをくすぐった。「あんっ」とかおりが声を上げると、もう片方の男は身を乗り出す。

自分の性質上、合コンはほぼ無意味。でも、こういうきゃっきゃうふふが堂々とできるから、好き。

（さてと）

問題の彼女に目を移すと、彼女は梅酒を日本酒に切り替え、つまらなさそうに出し巻き卵をつまんでいた。

「ねえ、それおいしい？」

つつき回す意味で、たずねてみる。すると、つまらなさそうな表情がすっと引っ込んだ。

「うん、おいしいよ。食べる？」

好感度的な意味で、微笑んでくれた。

「ありがと。じゃあいただくね」

卵を頬張る私を、彼女はじっと見つめる。

「みきさん、だっけ？　鼻高くて、横顔がきれいだね」

だっけ？　のあたりに認めてない感が漂ってる。

「わあ、嬉しい。でも、ゆい――さん？　も色白ですごく可愛いよ」

覚えてない感を投げ返す。

「ありがとう。でもみきさんのスタイルには負けるよ。背が高くて、脚が長くて、モデルさんみたい。あたしチビだから、くやしいなあ」

は言い出た。「小さいあたし」。でもって「でかいあんた」。でも別に、それでむかついたりはしない。だってもともと、私はあなたの敵じゃないから。

「うん、よく言われるよ。だから仕事で店舗を回るときなんか、必ず自社の服を着ろって言われるの。目立つからって」

「ふうん。チェーン店はいいね。私のところは、一つしかないから。品物も、一点ものばかりだし」

返しが、いちいち真綿感満載。頭がいいんだろう。

ならちょっと、投げてみよう。

「ね。ここだけの話、そういうカッコって寒くない?」

耳元で囁《ささや》くと、彼女は口元だけで笑った。

「寒くないよ。質のいいコットンは保温と保湿性が高いし、本物の革は、温度調節もしてくれるから」

いいね。じゃあもう一球。

「そうなんだー。でも本革って、私は苦手。動物を殺して皮膚を剝《は》がすなんて、考えただけで怖いもん」

少し、沈黙。彼女は下を向いてしまった。やりすぎた?

あ、違った。演技の「間」だった。

「――わかるよ。私も毛皮問題とか、考える。でもこのブーツは、牛革なんだ。食肉用の、余った部分の再利用。そのために殺したわけじゃないの」

「そっかあ」

「命を奪ったら、最後まで使い切ってあげないと。私はそう思うんだ」

わあ、完璧。ならもっとすごいの、投げちゃおうかな。

「えー、でも私だったらやだなあ。死んだ後、自分の皮膚が居酒屋のトイレの床にこすりつけられるとか、あり得ないもん」

小さめの声で、表情はあくまでもフレンドリー。正面に座った男からは、きっと女子トークをしているようにしか見えないだろう。

さあ、どう出る？

彼女はまた、口元だけをきゅっと吊《つ》り上げた。そして私の耳に、それを寄せる。吐息が、耳たぶにかかる。

「あんたの皮なんか、牛以下だよ」

きたきたきた。私は、「信じられなーい」という表情を作って、固まってみせた。

すると、重めの球が投げ込まれる。

「――このゆとりビッチ」

キャッチ。いいじゃん。最高!

*

頭が良くて、意地悪が上手で、きちんととどめまで刺すことができる。これって一般的にはどうかわからないけど、私にとってはかなりの美点。

なぜなら私は、女の子の強さを愛してるから。

なわけで、あらためて観察。

顔は、ナチュラルメイクでそこそこ可愛い仕上がり。色白なのが最大の売りかな。体はだぼついた服で隠れてるけど、細身っぽい。指先は透明なマニキュア。デコるなんて意識は(表層的には)なさそう。

黒くて長い髪。あえてのボサ眉。小さめのピアスは、当然シルバー。

(――ナチュラルより、エスニックが似合いそうなんだけど)

じゃらじゃらしたバングルの重ねづけとか、目尻に紅色をのせるとか、そういう感じにしたら、きっともっときれいだろうな。

だから、もっと投げてみることにした。

「ゆいさん。ちょっと」

ここで席を立ってくれなかったら、やめておくつもりだった。だって、罵《のの》った相手についてくるって、ハードル高いから。

でも、来た。喧嘩《けんか》上等って目をして、ついて来た。

私が店の外に出ると、そこまでついて来た。

(これは、けっこう――)

いけるかも。

そこで、言ってみた。

「ねえ。私、ビッチじゃないよ」

「なにそれ。そんなこと言うために、外に出たの」

「うん。そんなこと言うために、来てもらったの」

にっこりと微笑みながら、彼女の頬に顔を寄せていく。彼女は一瞬、びくりと後ずさりそうになった。けど、待った。ああ、これはホントに好みかも？

だから、どストレートに言ってみた。

「ビッチじゃないの。だって私、男だから」

鳩《はと》が豆鉄砲顔。

と、私が勝手に呼んでいる表情。もう、何回見たかしれない、きょとん顔。

「え。ごめん、意味わかんないんだけど――」

「女装なの。女の子の格好した、男なの」

「え。え。なに？　ていうか、ホンモノ？　それとも趣味？」

ホントはホンモノだけど、こういうときは、ちょっとぼかして入る。

「ん～、趣味が高じて結構本気、的な？」

だから敵じゃないの、という雰囲気で笑ってみせた。すると彼女の雰囲気も、ゆるむ。

「すごいね。本当に、こうして見てもわかんない。すごい完成度。ただの女装なんだよね？」

「うん」

注射とか手術とか、いつかはしたいなあと思うことはあるけど、まだ思い切れないからね。でも、そこまで言う必要もないので、ただうなずいておく。

「一緒に来た、かおりって子は知ってるの？」

「うん。でも男子は知らないよ」

後藤のことも、ふせておく。なぜなら、その方が都合がいいから。

「だからさ、秘密のゲームをしない？」

「どういうこと？」

「誰よりも女の子っぽく、女子校みたいに、いちゃいちゃするの」

私が言うと、彼女はにっと笑った。夜の街の中で見る犬歯って、素敵。

「——面白そう」

キャッチ。楽しい夜のはじまりはじまり。

なんていうか、イメージはおバカなセレビッチ。飲んで、はしゃいで、女子同士でくっついて、踊って。あ、踊ってはいないか。

「ちょっとそこ、なに女子同士でいい雰囲気になってんだよ」

後藤の連れが、あからさまに不機嫌そうな声を出す。ナイスパス。こういう不満げな突っ込みこそが、最高のスパイスなの。

「別にいー」

「仲良くなっただけだよー」

腕を絡《から》ませ、頰を寄せ合い、「これおいしーよ」とカクテルの回し飲み。

超楽しい。超絶楽しい。

「みきの脚って、すっごいすべすべー」

「ゆいこそ、案外胸あるー」

そのものは触らずに、服だけ引っ張って強調してみる。恥ずかしくない程度。でも、どきどきできる程度。

「みき、やらしいー」

飲み過ぎたゆいは、とろんとした表情でこっちにもたれかかってくる。

「もう、ゆい。食べちゃうぞ」

えい。と首のあたりに唇を寄せた。でも、ちょんとくっつけるだけ。ゆいはされるがままに、ふふふと声を上げる。

「君たち、エロすぎるって」

ギリギリの半笑いで、かおりの連れて来た男子が言う。理性の限界も近いね。我慢乙。

そんな男たちを見て、かおりと巨乳ちゃんはすっかり冷めている。あと、私の正体を知っている後藤は、ことの成り行きが読めないらしく、ただ戸惑っていた。

「あのさ、そろそろ時間なんだけど――」

この後、どうする？　と言われて私はゆいを見る。

「女同士で、飲みなおそっか」

そう言うと、ゆいは笑いながらうなずいた。

「うん。行こう行こう。今日はガールズナイトにしよう」

そんな私たちを、止められる奴《やつ》はいなかった。

「じゃ、私たちはここで！」

駅とは反対の方向に向かいながら、皆に向かって大きく手を振る。

お持ち帰り、ゲットでーす！

＊

こんなとき、リムジンがあったらなあ。夜の東京を二人で歩きながら、ぼんやりとそんなことを思う。きらきらでゴージャスな時間には、できればシャンパンと車と運転手がほしい。

（あ、ヘリでもいいけど）

そういえば私のドリームは、いつもどこかアメリカ寄りだ。たぶん、海外ドラマやリアリティ・ショーの影響だと思う。

最初にそれを見たのは、実家のリビングだった。昼下がり、母親が何気なく見ていた再放送のドラマ。その中に、彼女たちはいた。

テレビの中の女の子は、大学生という設定だった。なのにお酒を飲み、煙草《たばこ》を吸い、セックスをしていた。ケンカになれば相手を思いっきり罵り、腕力にまかせたバトルを繰り広げる。よく泣いて、よく笑って、よく食べて、それが、特別ではない女の子の物語として描かれていた。

(なんて自由で、強くて、可愛《かわい》いんだろう――)

将来どころか、一生が透けて見えるような地方都市の片隅。学生服のまま、リビングで「僕」は立ちすくんだ。詰め襟の息苦しさの理由が、わかった気がしたのだ。

(こうなりたい)

漠然とした憧《あこが》れが、そのとき形になった。

(自由で強くて可愛い、女の子になりたい)

これを女の子に話すと、たいがいは否定される。「なに言ってんの。女は不自由だよ」って。でも、私はそうは思わない。だって、男の方が絶対不自由だと思うから。嘘だと思うなら、自殺の男女比でググってみてほしい。

だから私は、きらきらして自堕落な夜遊びが大好き。昔はそれも夢のまた夢だったけど、ともちゃんと出会ってから、夢が現実になった。

バーを二軒はしご。そのあとクラブに寄ろうとしたところで、ゆいが「疲れた」と歩道にへたりこむ。そこで私は、提案してみる。

「ね。ホテルとか、行く？」

するとゆいは、おでこに手を当てながら言った。

「みきって、カラダはオトコなんだよね？ ってことは、そういう誘い？」

「半分そう。でも、しなくても全然いいよ。朝までお喋《しゃべ》りしてるだけでも」

「……フツーの男に言われたら、説得力ないんだけどなー」

だよね。私が笑うと、ゆいも笑った。

欲望はある。でもそれは入れたい方向じゃない。

もちろん、生理的な意味では放出したい。したら気持ちいい。だから女の子とするときは、手でしてもらうことが多い。その方が相手も安心だし、こっちも目を閉じて妄想できるから。

女の子同士で、あそこをいじりあってる。そう考えると、ものすごく興奮する。だから口でされるのは、逆にない。

「みき、こらえてる顔、可愛いね」

ゆいは案外、こっち寄りの才能があった。常識や道徳を蹴《け》り跳ばして、楽しむことに没頭する才能。

私は、それこそが女子力ってものなんじゃないかと思ってる。

ゆいは、女子力が高い。

自分が、どういうジャンルにいるのかはわからない。

女の子になって、女の子と愛し合うのが理想だけれど、かといって股間《こかん》のものを憎んでいるというほどでもない。できたら、女の子のものの方がいいなあ、というレベル。

いつか手術して、と思うこともあるけど、それもなんとなく思い切れない。だってこのままでも、私はそこそこ幸せだから。

(それについたままだったら、いつか好きになった女の子との間に、子供だって作れるわけだし)

普通の男の顔をして、偽装結婚だってできる。その可能性を考えると、今のままでいいような気もしてる。

宙ぶらりん。ゲイやレズになりきれなくて、でもヘテロでもない、半端者《はんぱもの》。この先どうやって生きていくのか、これっぽっちもわからない。お手本になる人もいない。それにそもそも、歳《とし》をとっても女子っぽくいられるかどうかがわからない。わからないことしかない。でも、それなら楽しまなきゃ損。

あの女の子たちは、そう教えてくれた。

＊

朝帰り、というには遅すぎる時間。ブランチにと思って、お気に入りのデリでサンドイッチとサラダをテイクアウト。それを持って家に帰ると、後藤がなぜか慌てた。

「ただいま」

「お帰り。じゃなくてあの、お前、昨日の夜、じゃなくて、朝、てか」

「何が言いたいの」

正面に立たれると、入れないんだけど。そう言うと、あたふたと横にずれる。私はまっすぐリビングに向かうと、テーブルの上に荷物を置いた。

「サンドイッチ買ってきたんだけど、食べる？」

「え。あ、うん。じゃなくて、お前——」

「ならコーヒーいれてよ。私、シャワー浴びて着替えてくる」

熱いお湯と好みの香りに包まれて、ほっと息をつく。ああいうところのシャンプーやリンスって、なんか嫌。それはゆいも、同じ意見で笑った。

「コーヒー、いれたぞ」

後藤の声が、聞こえる。私は顔に化粧水をはたき、髪をドライタオルで巻いたままリビングに出た。

「あんたはあの後、すぐ帰ったの」

サンドイッチの前に食べようと、私は冷蔵庫からシャインマスカットを出す。ぷつり。皮ごと食べられるのって、ゆい的に言えばエコなのかな。

「俺はあの後、同僚の奴につきあわされたよ。小川のせいで」

ああ、あいつ私のこと狙《ねら》ってたもんね。そういうと、後藤はため息をつく。

「お前さ、全部かっさらうなよ」

「まあ偶然、うまいことといったよね」

全粒粉のパンに、クミンシードの利《き》いたカボチャのペースト。甘めのマヨネーズは、今日だけの贅沢《ぜいたく》。

「つかその――ぶっちゃけ、女とできんの」

「できるよ。むしろ男だったときより、簡単。超イージー。後くされもなし」

「なんだよそれ。ズルすぎんだろ」

後藤はお高いサンドイッチをむしゃむしゃと食べながら、コーヒーをがぶりと飲む。

ホント、食わせがいのない奴。

「女装男子に、無理やりされるとか思わないからハードルが低いんだよ。それに女の子の方が、受け皿が広い」

「……受け皿？」

「優しくて気持ちよければ、変わったものでも受け入れてくれるってこと」

中には、ビジュアル系のバンドファッションくらいのノリで、捉《とら》えてくれてた子もいたな。私が言うと、後藤が微妙に赤くなった。

「つきあうのか」

「ん？」

「あの、ゆいちゃんとつきあうことにしたのか」

お前は私の父親か。思わず、そう突っ込みたくなる。

「あのさ。まさかとは思うけど、やるのとつきあうのとが一緒なヒト？」

親指でマヨネーズを拭《ぬぐ》い、ぺろりと舐《な》めた。

「……そうある方が、いいだろ」

「私は違うから」

「じゃあ、やり捨てかよ」

もう、面倒くさいなあ。

「違うって。合意の上で、楽しく遊んだだけ」

「遊ぶって、お前な」

ちょっと怒りかけた後藤の眉間《みけん》に、私は舐めたばかりの指を突きつける。

「あのね、遊びしかチャンスがないの。それも今だけなの。そういうの、わかんないでしょ」

「今だけって、どういう意味だよ」

「若くなって、女装がキモくなったら誰も相手にしてくれない。こういう趣味じゃ、お金を払っても性欲は満たせない。四十代や五十代になっても女を買える、ヘテロの男とは違うってこと」

「そんなこと――」

「そりゃあ、彼女はほしいよ。でも結婚したいと思うような相手と出会って、相手もそう思ってくれる確率なんて、どれだけ低いと思う？　だから単発でも、ありがたいんだよ。そういうハナシ」

言いながら、自分で自分を笑っていた。この発言、女子力低すぎ。必死すぎ。笑いながら、泣きたくなった。

そんな私を見て、後藤は半分まで食べたサンドイッチをぽとりと皿に置く。

「なんか――ごめん」

聞いた瞬間、デコピンが火を噴いた。

額を押さえて、後藤がテーブルに突っ伏す。

「いでで！」

「自分で聞いといて、謝るな！」

私は立ち上がると、サンドイッチの皿とコーヒーカップをトレイに載せた。まったくもう。楽しい一夜の仕上げが、これだなんて。

起きると、もう夕方になっていた。

ぼうっとした頭でリビングに出ていくと、部屋にカレーの匂《にお》いが漂っている。

「あ、起きたか。夕飯作ったんだけど、食う？」

「あー、うん……。でもまずはお茶かな」

「て言うと思った」

そう言って、後藤は私の前にほうじ茶の入ったマグカップを置く。

「……後藤って、学習するタイプだよね」

「なんだそれ」

「ほめてんの」

熱いほうじ茶を啜《すす》ると、固い何かが溶けていくような感触があった。ぼんやりとカップで手を温める私に、後藤は言う。

「また、合コンやろう」

「はあ？」

「俺さ、応援するよ」

「何を」

「お前の性生活。だって大変そうじゃん」

なんだそれ。私は椅子《いす》の上で、芸人もかくやというほどのコケをした。

「別に、気にしなくていいよ」

さっきのは半分、八つ当たりだし。そう告げると、後藤はほっとしたような顔をする。

「でもまあ、それはそれとして、合コンはやろうぜ」

「なんで」

「面白いから」

お前はマゾか。私はデコピンをする気力もなく、うなずいた。

「好きにすれば」

「じゃあ、連絡用にかおりちゃんのアドレス、教えてくんないかな」

「そっちが目当てかよ！」

私は今度こそ、後藤の額めがけて人差し指を放った。

＊

ランチは、働く女子にとっては貴重な時間。今日はかおりと仲村さんと、カフェの玄米プレートランチ。週末の食べすぎを、これでデトックスできたらいいという、希望的観測。

「そう言えば、合コンはどうだった？」

仲村さんの質問に、かおりがため息をつく。

「どうもこうも、みきがひどいんですよ。途中から路線変更するから、もうぐちゃぐちゃ」


「ごめん。でも、かおりのターゲットはいないって聞いてたから」

「にしても、あれはないでしょ。残り全員、ひいたわ」

かおりはぷんと頰をふくらませて、レンコンのきんぴらをつまんだ。私はそれをフォローするつもりで、伝言を口にする。

「あ、でも後藤はかおりのこと気に入ってたよ。アドレス教えてほしいって。どうする？」

すぐに返事はなかった。あれ、もしかしてもしかする？　そう思いながら待っていると、かおりは首をひねっていた。

「ごとうさん、って——どっちのヒトだっけ？」

その発言に、仲村さんが声を上げて笑い出す。

だめだこりゃ。

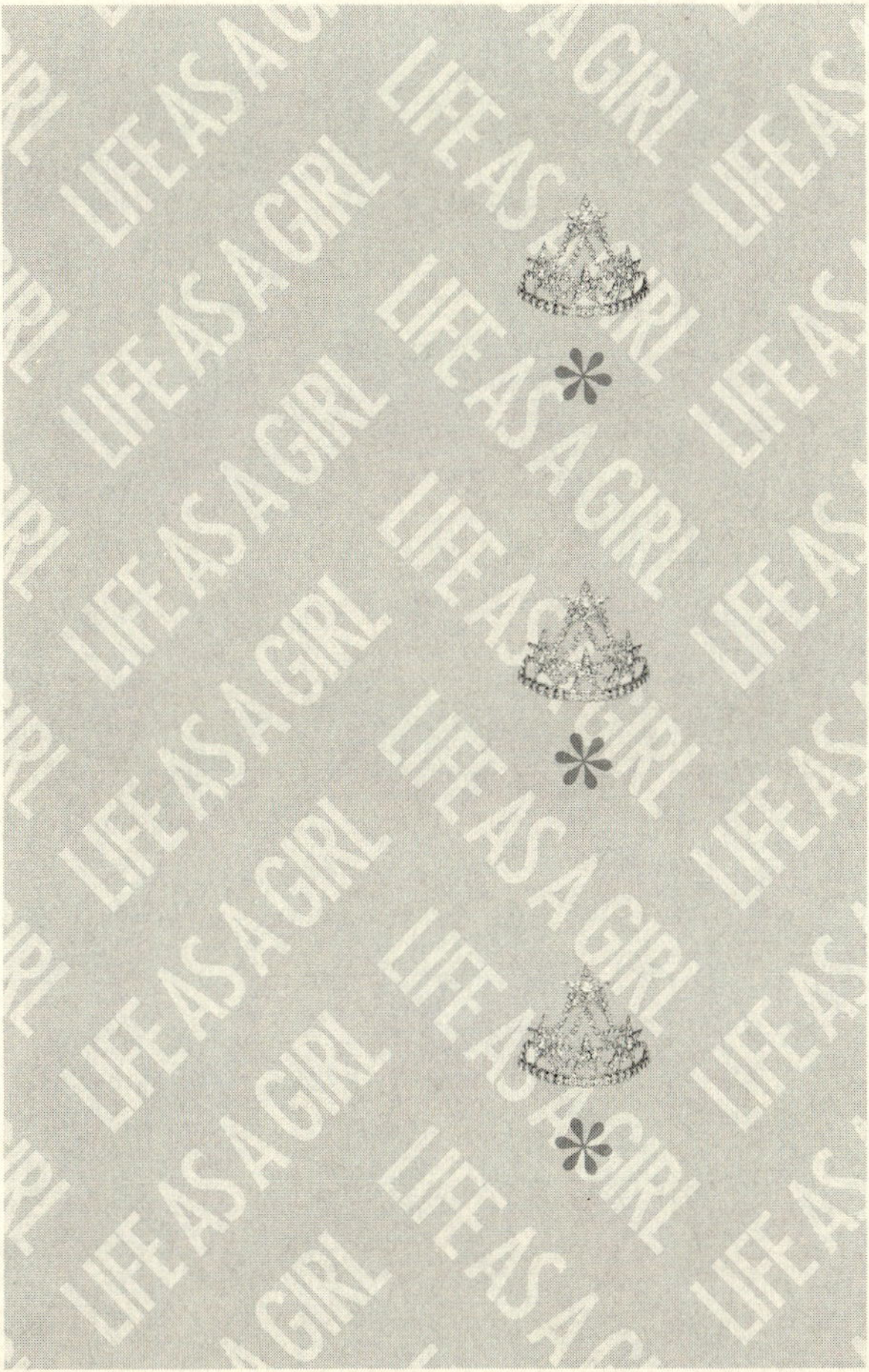
LIFE AS A GIRL

久しぶりに、ともちゃんに会った。

「元気〜？」

小走りに近づいてくるともちゃんは、ハーフ丈のダッフルにバルーンスカートの組み合わせ。可愛《かわい》くて、これぞザ・愛され系ファッションって感じ。

「元気元気。ともちゃんは？」

「あたしも元気」

「じゃ、彼とうまくいってるんだ」

「うふ。まあね」

愛され系じゃなくて、愛されてます系か。だよね。満たされたオーラが後光のように射《さ》してるもん。

「みきは？　好きな人いる？」

「うーん、いないなあ」

北欧風のカフェに入って、ラズベリーケーキとカフェラテ。寒い国の雰囲気は、冬によく似合う。

「でも、男の子と一緒に住んでるんでしょ？　そういうカンジにはならないの？」

「無理。だって高校、一緒だった奴《やつ》だよ」

「そっかあ。でもさ、逆にいいよね。気楽でさ」

まあね。私はカップについたグロスを軽く指で拭《ふ》き取る。確かに、後藤といるのは気楽だ。

「あたしなんかさあ、住んだら住んだで結局、気をつかっちゃうんだよね。彼だってわかってるんだよ？　あたしがそっちだってこと。なのに、彼が起きる前にしかヒゲ剃《そ》れないし」

「いいじゃん。そういう緊張感って、必要だよ」

可愛いグチと言ってしまえばそれまで。でも、これって案外重要な気がする。なんていうか、恥じらいの心、みたいなもの。

「そっかな」

てへぺろ、に近い感じでともちゃんが笑う。これが嫌みじゃなく見えるのって、やっぱりすごい。私はその一点だけでも、ともちゃんを尊敬できる。

「でもさ、やっぱ男の子って可愛いよね。単純でさ」

「まあ、それはわかるよ」

食って寝てゲームして、女の子ちらちら見て、また食って。それでちょいちょい仕事して。後藤の日々は、ものすごくわかりやすく「男子的」だと思う。

「なんかさ、単純でなごむっていうか」

「うん」

「犬っぽいっていうか」

「うん」

「人だと思わなければ、腹も立たないよね」

「うん？」

ちょっとちょっと、何があったの。私が身を乗り出すと、ともちゃんはラズベリーのケーキにぐさりとフォークを突き刺した。

「浮気、じゃないな。綺麗《きれい》な子見つけて、フラフラしてるだけ」

それはムカつくけど、まあ許容範囲じゃない？　私の言葉に、ともちゃんは首を横に振った。

「その子、女装のオカマなの」

「ああ……」

相手が本物の女性なら、なんていうか納得できる。「まがいもので、すみませんでした」的な全面降伏。でもそれがこっち寄りだと、もう確実に許せない。しかもジャンルが違うって、どういうこと？

「ジャンルとか関係なし。ただ見た目。それだけのハナシ」

「マジで？」

ともちゃんの彼は、もともとストレートというか、ヘテロセクシャルなはず。でもともちゃんの可愛さにやられて、初めて「ボーダーを越えた」らしい。

ということは、別ジャンルだろうが何だろうが、可愛ければかまわないってわけか。

それもある意味すごい。

「ほんっとオトコって、単純。馬鹿《ばか》みたい」

「まあ——男は視覚で興奮するらしいから」

私の言葉に、ともちゃんはこくりとうなずく。

「だからあたし、ここんとこ、家でジェラピケのロングパーカーにニーソ穿《は》いてる」

「それって、彼の趣味？」

「そ。寒いわけじゃないし、お洒落《しゃれ》でもない。あたしが穿いてるのは、世界で一番、無意味なニーソ」

「なあに、それ」

つい、笑ってしまった。笑いながら、ともちゃんのお皿にケーキをひときれ移動させる。まあまあ、お一つどうぞ。

ともちゃんは眉間《みけん》に皺《しわ》を寄せたまま、それをぱくり。

「それでもあたしは、単純を愛してるのよ」

うんうん。

だって愛がなきゃ穿けないよ。世界で一番、無意味なニーソなんて。

ともちゃんは単純を愛する。

けど、私は複雑が好きだ。

笑いながら泣いて、寂しがりながら一人で歩いて、意地悪を言いながら愛を語る、そんな女の子が好き。わけがわからないくらいにとっ散らかってる朝も、どこか冷静な頭でコーディネートを考えるような女の子が好き。

それに比べて、こいつは。

「あ、やべっ。やられた！」

リビングのテレビでゲームをしながら、声を上げる後藤。

「あーあ。なーんか調子、出ないんだよなあ」

ため息。からの立ち上がって冷蔵庫。缶ビールぷしゅ。泡溢《あふ》れる。

「うわっ」

迎えに行った口は間に合わずに、フリースの上にこぼれるビール。立ち尽くす後藤。

そして。

「あー。……やっちまった」

そこまで見た。見てやった。そんで我慢した。だから言わせてもらう。

「ねえ。テンプレすぎんでしょ、それ！」

「え？」

「なんか晩ご飯も、もそもそ食べてたし、背中丸まってるし、その上にゲームオーバーって！　ビール溢れるって！　盛りすぎだっつの！」

私は仁王立ちのまま、後藤を指さす。

「その『ザ・落ち込んでます』感、どうにかして！」

「どうって……」

後藤は、うつむいたままつぶやく。

「どうにもならないから、落ち込んでんだろ」

「にしたって、態度がうるさい」

「なんだよそれ」

「あんたの全《すべ》てが『ねーねー、何があったか聞いて聞いてー』って言ってるの。マジうるさいわ」

もしかしたら怒るかな。そう思いながら、言ってみた。すると後藤は、肩を落としてため息をつく。

「まあ、聞いてほしいのはホントかも……」

突っ込んで自爆。私は、自分の口の悪さを呪《のろ》った。

悩みの聞き代は、缶ビール一本。嫌いじゃないけど、これでカロリー摂《と》るかと思うと、なんかくやしい。

「お前さ、同じクラスの高山田って覚えてる？」

「――ああ」

いたのはわかる。でもあんまりつるんだことはないし、正直外見以外の情報がない。でもってその外見も、これといった特徴はなかったような。

「俺さ、わりと交流あってさ。て言っても、最近はツイッターとかがメインなんだけど」

「それで？」

「高山田、あっちで就職したんだけどさ」

あっち、っていうのは私たちがいたところね。つまり、地元。

「なんかその会社、ブラックだったみたいで」

へーえ。思わず、声が出そうになった。でも、ここは黙っておく。

「そしたらあいつ、うつっぽくなっちゃったんだよ」

「そう」

それはお気の毒。言いながら、出されたさきイカをつまむ。低カロリーで高タンパク。しかもおいしいって、さきイカ偉すぎ。

「そう、って他に感想ないわけ」

「ない。だってよく知らないし。何ができるわけでもないし」

ビールの残りが少ない。飲みきってしまおうと顎《あご》を上げたところで、後藤のおかしな表情に気がつく。落ち込んでない。どころか、少し笑ってる。

「なに見てんの」

「できることがある、って言ったらどうする？」

「は？」

「お前にしかできないことで、高山田のためになることがあるんだけど」

意味がわからない。でも、なんか嫌な予感だけはする。

「あんた、なんか安請け合いしたんじゃないでしょうね」

「安請け合いじゃないって。ただ、地元でどんよりしてるのがつらいなら、ちょっとこっち来て、気分転換したらどうだ、って誘っただけで」

ま・さ・か？

「――ここに泊めるつもりなら、あんたごと出てってもらう」

「一泊！　一泊だけだって！」

なにその「先っちょだけだから」的なカンジ。むかつく。

「無理。出てって」

「明日、来るんだよ」

「だから？」

「だから今、お願いしてるんだって」

ふ・ざ・け・る・な。私が追及しなきゃ、言い出さなかったくせに。

あ、そのための「聞いて聞いて」か「やっちまった」か。案外、うまいな。私は後藤のことをちょっと、見直した。

でも、それとこれとは別問題。せっかくの週末を、そんな予定で潰《つぶ》したくはない。

私はビールの缶を、音高くテーブルに打ちつける。

「あのさ、これってルール違反でしょ。私がこういう見た目じゃなくても、共同生活的に、このやり方はNG。そのくらい、わかるよね」

「――まあ、うん」

「事後承諾はなし。以上。議題終了」

「ちょ、ちょっと待てよ」

お前はキムタクか。そう突っ込むと、後藤はへらりと笑う。

「やっと俺がイケメンだって気づいた？」

「気づかねえよ」

私が立ち上がると、後藤も一緒に立ち上がる。追いすがられるのかと思ったら、なんと後藤はそのまま土下座をした。

「事後承諾になって、悪い！　でもホントに一泊だけだし、お前の部屋には絶対に入れないし、メシも外で食ってくるから！」

「……そこまでするなら、外に二人で泊まれば？」

マンガ喫茶の個室プランやカラオケなら、思う存分語り合えるはず。けれど後藤は、そのまま頭を上げずに言った。

「お前に――会いたいって言うんだ」

「はあ？」

「自分には絶対できないことをやってる小川に、会ってみたいんだって」

そう来たか。私は両手をぐっと握りしめる。見せ物じゃないんだよ。この時代がかった台詞《せりふ》、何度心の中でつぶやいたことか。

思っても、口には出さない。だって、壮絶にダサいから。

「人を、気晴らしの道具にしようってわけ」

「ホントごめん！」

「地元にいる奴に、ぺらぺら喋《しゃべ》ってくれてどうもね」

別に口止めしてたわけじゃないから、いいんだけど。でも、それでもムカつくものはムカつく。自分のいないところで、自分の話をされて嬉《うれ》しい奴がいるか。

「高山田は、他の人に喋るような奴じゃないから！　ていうかもう、俺以外とはほとんど喋らないから！」

ん？　今なんか、ヘンなこと言わなかった？

「あんたたち、つきあってんの」

「ちげえよ。うつ入ってから、高山田は家族とも話さなくなったんだって」

「ああ、そういうこと」

結構、重症っぽいのね。

「正直、俺だって会っても喋るかどうかわかんないんだよ。ずっとネットでやりとりしてたからさ」

「……そんな奴を、無断で泊めようとしてたわけ」

「頼む！　タダとは言わないから！」

へえ。後藤のくせに、やるね。それとも、案外うまいのかな。さっきの作戦といい、いちいちヒットするから。

「なに、してくれるの」

「可愛い女の子、紹介する！」

うーん。ちょっとだけ、気持ちが揺らぐなあ。ここのところ、時間が合わなくてゆいと会ってない。

「本当に、可愛い？」

しゃがんで目線を合わせると、後藤がぱっと顔を輝かせた。

「ホントに可愛いって」

ほらこれ。スマホの画面を操作して、こっちに差し出す。ふうん、確かに可愛い。ゆいとは違って、尖《とが》ってない感じ。

「――どういう関係のヒト？」

「会社の後輩」

それを、お前は売るのか。

「デートを確実に取り付けてくれるなら、泊めてもいいよ」

「マジで？」

ちょっと今、連絡取るから。後藤は立ち上がると、スマホの画面に素早く指を滑らせた。

＊

翌日、私は何気ない感じで同僚に聞いてみる。

「知り合いで、うつになったヒトとか、います？」

ネットの情報は仕入れたものの、実際にそういう相手と会ったことはない。だから最低限、これはしてはいけないということを知っておきたかったのだ。

　すると、出るわ出るわ。

「ああ、俺の同期」

「こないだシステム開発部の人がなってた」

「先輩。三年前に辞めたけど」

　さすがブラック。身近すぎて笑えるわ。

「そうだな。確か『がんばれ』とか励ましの言葉は逆効果なんじゃなかったっけ？」

　机の近い上司が、ネットで検索しながら答えてくれる。

「あと、あれだ。追及して退路を断つのは絶対にダメだ。あとは——ギョウザ」

「ギョウザ？」

　空耳かと思ったが、上司は真面目《まじめ》な顔で続けた。

「俺の個人的な感想だけどな。ギョウザ、殻つきのピーナッツ、もやしのヒゲ取り。そういうのがいいぞ。手を動かしてると、なんとなく話せる気がした」

　イタリア風のキリキリに細いスーツを着こなした上司は、見た目通りイタリア男ばりに気が利《き》く。目端も利く。

「俺が会ったのは、とにかく喋らない相手だったからさ、なんかしてないと間が持たなかったんだよな」

つまり、単純作業ということか。とっさに私は、冷蔵庫の中身を検索する。キャベツや長ネギはある。でもひき肉はない。後藤に、買ってきてもらおう。

「私の知り合いも、そんな感じらしいんですけど。どんな風に話しました？」

「とにかくゆるくしたよ。『いいんじゃない？』『そう思うのは、自由だよ』『そういうやり方もあるさ』みたいな」

「正攻法ですね」

「いや、ただの責任回避。だって俺のひと言で自殺とかされるの、嫌でしょ」

気が利く上司は、個人主義の快楽主義。ブラック企業で生き残っている人間には、そこそこ多いタイプだ。

「ま、美人じゃなきゃそんな面倒引き受けないけどね」

「やったんですか」

「まあね」

にっこりと微笑《ほほえ》みながら、金のブレスをちゃらりと鳴らす。強烈にダサい。けど、一周回って逆にカッコよくなっている気もした。

「やってる最中は色々言ってたけど、褒め言葉囁《ささや》きながら全部無視した」

「ちなみに、その後は」

「知らない。すぐ別れたから」

幸せだといいね。そううそぶく上司を見つめて、心の中でつぶやく。

絶対不幸せでしょ、それ。

＊

ピンポンが鳴ってドアを開けたら、小さい男が立っていた。そして私と目が合ったとたん、表情がくるくるっと変わる。「おっ」からの「むっ」。そしてなんだかよくわからないけど、ものすごく不愉快そうに顔を歪《ゆが》めた。

「ギョウザ、嫌いなんだけど」

高山田の第一声に、後藤が凍りつく。

「ちょ、待てよ。お前、なんで今さら？」

買い物してるときとか、ここに来るまでの間に、俺何回も「ギョウザ」って言ったよな？　そんな後藤の言葉に、高山田はうなずく。

「聞いた。でもイニシアチブをとってるのはお前じゃないから」

「はあ!?」

「首謀者に、直接言わないと」

私はニラを片手に、にっこりと微笑む。

後藤？　なんだこのクソは？

「ごめん、小川。その、俺も――」

慌《あわ》てる後藤に隠れるように、ぽつりと立っている高山田。いや、隠れてるんじゃない。小さいんだ。そしてその瞬間、学生時代の高山田を思い出す。

（ミニーさん、だ……！）

そのあだ名を、彼は好きではなかった。けれど呼ばれたら、振り向いた。そういうやつだった。

「高山田。久しぶり」

「ああ――」

声をかけてみると、焦点がこっちに絞られるのがわかった。

「高山田、小川だよ。嘘《うそ》みたいだけど」

嘘みたいな見かけで悪かったたな。

「へえ」

ぼんやりとした視線が、体の周辺をさまよう。

「へえ〜え」

なんだそれ。苛《いら》つくわあ。

「ギョウザが嫌いなら、何にする？　ワンタンとか？」

とりあえず話題を変えてみると、高山田はぼうっとした表情のままで答える。

「濡《ぬ》れた皮とか、キモすぎ」

キモいのは、お前自身だろうがよおお!!

高山田の坊ちゃんは、べろべろ濡れたものが嫌い。中に何が入っているかわからないものも嫌い。そして何より、素人《しろうと》がべたべた触ったものが大嫌い。

「ごめん。ホントごめん！」

玄関先でピザを受け取りながら、後藤は頭を下げ続ける。

「いいけど。別に」

材料費はもともとほとんどそっち持ちだし、ピザだってコーラだってそっち持ち。

私の実害は少ない。

精神的なものを、除けば。

「――うつって、失礼な言動をする病気だっけ？」

小声で囁くと、後藤は首を傾《かし》げる。

「俺も正直、よくわかんないんだよな。それなりに喋るし、言ってることは通じるし」

まあ、ココロのビョーキって色んなパターンがあるらしいし。そう言われると、私もうなずくしかなかった。

とにかく、退路を断つような物言いだけは避けよう。どうせ数時間の我慢だし。そう思って、ピザを切り分ける。

「高山田は、私に会いたかったんだって？」

「――ああ」

言いながら、高山田は私の差し出したピザを無視して、触っていない方から取る。

うん。潔癖症も、ココロのビョーキだもんね。しょうがない。

「ちんこ、切ったの？」

また、後藤が凍りつく。でもまだ大丈夫。

「切ってないよ」

普通のテンションで答えると、さらに追及された。

「なんで？」

「金銭的な問題」

「じゃあ、百万あったら切る？」

「どうかな」

「切る？」

なんでこう、「切る」にこだわるわけ？　私はうんざりして、ピザをかじりながら後藤をじろりと睨《にら》んだ。後藤は頭をテーブルに擦り付ける勢いで、小さくなっている。

「ところで、高山田はどうなの。ひどい会社にいたらしいけど」

とりあえず、違う話題をふってみた。

「ああ――」

またもや返事はぼんやりか。そう思っていたのに、高山田は喋りはじめた。

「ひどかったね」

「どんな風に？　拘束時間が長いとか？」

「まず、完全週休二日制だったのに、最初の数ヶ月は週休一日。労働時間は午後七時までがザラ」

「へえ」

「サービス残業は当たり前のくせにノルマがあって、達成できないと怒られた。真面目にやってても、成果が出ないと怒られる」

「ヒドいねー」

思わず、棒読み。それくらいでブラックなら、私のいる会社なんて、どどめ色の底なし沼だ。

「俺は定時に出社して、真面目に仕事してたのに怒られた。なのに、朝は毎日遅刻して夜は合コン行ってる奴が、ノルマさえ達成してればほめられた」

「はあ……」

それは、なんていうか、当たり前のような。私はカロリーゼロのコーラを飲みつつ、曖昧《あいまい》にうなずいた。

「真面目にやってる人間がむくわれない会社なんて、クズだろ」

でも、それが資本主義経済ってやつだよね。真面目でさえあれば評価がついてくるのは、義務教育の間だけだよ。

なんて言ったら、退路断ちまくりなので黙っておく。

「高山田は、合コン行かなかったの？」

「行くわけない。あんな、見た目で人を選ぶような集まりに」

高山田は、ハンサムじゃないけど不細工でもない。ちゃんとした格好をすれば、そこそこイケるはず。ただ、背が小さい。たぶんそれが、唯一《ゆいいつ》にして最大のネックなんだろう。

「でもさあ、見た目を好きになってからつきあうっていうのは、ありじゃない？」

私が言うと、高山田の表情が変わった。

「そんなのは、リア充のたわ言だ」

え？　私がリア充？　なわけあるか。すると高山田は、さらに続けた。

「……どうせ女なんて、見た目しか気にしないか」

そっち関係でなんかあったのか。思わず顔を見つめると、高山田は視線をそらす。

「いいよな、お前は。ちゃらちゃらして金貰《もら》って。なんも悩みなさそ」

はいはいはいはい。そういうの、聞き飽きてるから。私が笑顔でスルーしていると、なぜか後藤が反応した。

「おい、それはないだろ」

「え」

「ちゃらちゃらしてんのと、働いて金稼いでるのは別のレイヤーの話だろ。混ぜんなよ」

「いいよ。服飾関係だから、実際ちゃらい格好もするし」

「でも、悩みないとか失礼すぎるだろ」

「現時点では、ないから」

「でも――！」

腰を浮かせた状態の後藤を見て、高山田が言う。

「お前ら、つきあってんの」

噴いたね。

＊

とりあえず、そのまま発泡酒に移行した。私は部屋着に着替え、ソファーにだらりと座る。そして飲みながら、思う。

なんか、おかしい。

「そういう服、初めて着たのはいつ」

「ん？　そうだなあ、ちゃんと全身コーディネートしたのは、こっち来てからかも」

「モテるだろうな」

うーん、そこ微妙。女と思って接触してくる奴を、モテにカウントしていいものか。

「……モテたい相手には、あんまモテないね」

「嘘つくな」

いや、だって本当だし。

「まあ、デートする相手はいるよ。あとセックスの相手も」

ああ、ゆいに会いたいなあ。それでおっそろしく性格の悪いガールズ・トークをしたい。

でも目の前にいるのは、すすけた上にちんまりとした男。上目遣いが卑屈な輝きを放っている。

「給料も、いいんだろ。服や化粧にそれだけつぎ込めるんだから」

「普通だよ」

逆に、普通以下だよ。社販があるからやってけるだけ。

「部屋だって、こんなに広いし」

その理由を説明するのは、かなりめんどくさい。よって、端折《はしょ》る。

「シェアすれば、なんとかなるもんだよ」

探られるだけなのに嫌気がさして、私は攻めの態勢に入ることにした。

「高山田は、つきあってる人とかは」

「金と時間の無駄だ」

打てば響くような返事。私は心の中で首をかしげながら、ソファーの上でゆっくりと片膝《かたひざ》を立てる。ともちゃんを意識したロングパーカーと、パイル地のホットパンツ。足には、防寒のためのハイソックスを穿いてみた。ニーハイではないけれど、それでも足のラインは綺麗に出る。

そして、高山田の視線は私のホットパンツの裾《すそ》当たりに固定されていた。

「趣味とかは」

「ネット見るくらい。お前は」

ちゃんとした反応。でも高山田の顔はかなり赤い。発泡酒は、二缶くらい飲んでるはず。

「洋服や雑貨のショップめぐりかな」

「は。スイーツ丸出し」

吐き捨てるように言う高山田を見て、私は確信した。うつじゃないだろ、お前。

「——高卒か」

「違うよ。専門学校出てる」

「ふうん」

不機嫌そうな表情。でも反応は正しいし、素早い。でもそれなら、私に会いたいと言った理由はなんだろう？

「将来とか、考えてんの」

「考えてるよ。だから、できるだけ貯金してる」

片膝を立てたまま、顎を膝にのせる。高山田の視線は、太ももとその奥から外れない。ふうん。

「つかさあ、金があったってどうしようもないよな。結婚もできないし、子供もできないし、潰しがきかなすぎ」

にやにや笑いながら、高山田はピザを口に運ぶ。ほうほう。潔癖だけど、冷えたピザは大丈夫なんだ。

「おい。なに絡《から》んでんだ」

後藤が止めに入ると、高山田は私の方を顎でしゃくって示す。

「なにって、こいつがどれだけ人生詰んでるかって話だよ」

「お前、小川に会いたかったんじゃないのか」

「会いたかったよ」

まあ、嘘じゃないんだろう。でなきゃここまで絡まないだろうし。でも私、高校時代に高山田に悪いこととかしたんだろうか。——いや、ない。ないわ。だってそもそも接点がないし。私はその頃、男の格好をしていたし。うわあ、やだやだ。暗黒の歴史！

「ていうかお前、外出するときトイレとかどうしてんだよ」

「女性用に入ってるよ」

「ヘンタイだな」

「おい、いい加減にしろって」

後藤の声は、高山田の耳に届かない。そこだけは、ココロのビョーキっぽかった。

「ちんちんついたまま女性用に入るとか、ないだろ。気持ち悪い」

ほうほうほう。これはふくろうじゃない。私のうなずき。

「そうだねー。気持ち悪いかもねー」

言いながら、発泡酒の缶に手を伸ばす。そしてそのままつかんで、高山田の頭の上からかける。

「——なにすんだよ！」

「なにって、ケンカ売ってるから、買おうと思って」

「はあ？」

「よくもまあ、人のこと好きなだけディスってくれて。私はあんたの吐き出す泥の受け皿じゃないっての」

「なんだと!?」

高山田が、音をたてて立ち上がる。それに相対するようにして、私も立ち上がる。すると、高山田の頭がちょうど顎の下あたりに来る。

「ちっさ！」

軽く笑うと、腹にパンチが叩《たた》き込まれた。

「うるせえ。オカマのくせに！」

けっこう痛い。でも、倒れるほどでもない。私はそのまま踏みとどまって、高山田の脳天にグーパンを落とす。

「オカマじゃないし！」

「じゃあなんだってんだよ、化け物！」

あ、それ言う？　まあ、こっちも身体的特徴を突っついたからお互いさまか。でもむかつくわあ。

「その化け物の太もも見て、興奮してるくせに！」

「はあ？　なんだそれ。あり得ねーし。そんなんしてねーし」

「二人とも、やめろって」

割り込んできた後藤に、私は首を振る。

「やめない。だってこいつ、病気じゃないもん」

「え？」

「ストレス、ぶつけたかったんでしょ。化け物に」

言いながら、私は胸元のジッパーに指を引っかけた。そして高山田の目を見つめ、ゆっくりと下げはじめる。

「なに、やってんだよ……」

「ほら、見れば」

じじ、じ。ものすごく、ゆっくり。

「やめろよ」

「化け物、恐《こわ》いもの見たさで、見たかったんでしょ」

じ、じ、じ。谷間的な部分に差しかかる。

「やめろって。おかしなもん、見せんなよ！」

そう言いながら、視線はそこに釘付《くぎづ》け。手を出して止める気配もない。

じ……。途中で、音が止まった。後藤だった。後藤の手が、私の手にかぶさっている。

「何したいのかよくわかんないけど、やめとけよ。女子のすることじゃない」

ほっとしたような気分。でも、それとともに後藤の鈍さに急激に腹が立った。

「あのさあ、あんたにはわかんないわけ？」

「何がだよ」

「こいつはね、化け物を期待してここに来たんだよ。女になりたくて、女のなりそこないになってるような奴《やつ》を見て、笑いに来たんだよ」

だって性の問題なんて、最高にジョーカーでしょ。なにをどう頑張っても「でも、あいつオカマなんだぜ」で片付けられるような、スペシャルなトッピング。

「自分より下に見て、貶《おとし》めても大丈夫な相手だから会いたかった。そうだよね？」

高山田は、ぐっと言葉に詰まったような表情をする。

「でも私が案外ちゃんとした見た目だったから、くやしくなったんでしょ。だから他の部分で、なんとかして下にしようとしてた」

学歴。仕事。恋人の有無。性生活。踏み込んで、位置する場所を知って、自分と比べた。でもどれも無理だったから、一番特徴的なところをバカにしてきた。

そういうことだ。

「マジかよ。高山田」

後藤が、心底驚いたような顔で高山田の方を見る。高山田は、うつむいたまま答えない。その沈黙が、何よりの証拠だった。

「じゃあ、うつっていうのは——」

答えない。

「小川のこと、尊敬してるって書いたのは——」

「してるわけねえだろ」

ぼそりと答える。

「お前が男の娘《おとこ こ》と同棲《どうせい》してるって書いてたから、どんなバケモンかって興味がわいただけだよ」

ツイッターのダイレクトメッセージで、それが小川だって知ったときは、笑ったけど。高山田は下を向いたまま、にやりと歯を見せた。

「ねえ、家族ともしゃべらないって、ホント？」

私の言葉に、高山田はまた笑う。

「あんな奴らと、話す？」

あーあ。私はアガってた気分が、急速にしぼむのを感じた。なにその甘えぶり。

「かわいそうに。家族もみーんな、あんたより立派なんだね。だから反発することもできないってわけ」

「うるせえ！　お前に、俺の何がわかる!?」

あああ、出たよテンプレ。男ってのは、どうしてこう決まり文句がわかりやすいんだか。

「わかんないし、理解するつもりもない」

自分が落ち込んでるからって、相手に刃《やいば》を向けて。でもそれでも受け止めてもらおうなんて、甘い。それにそもそも、受け止めてもらえると思ってる感覚が、甘すぎて気持ち悪い。

世界は、何があっても自分を受け入れる。そう信じられるのは、シアワセだ。シアワセすぎて、反吐《へど》が出る。

ごめん、ともちゃん。私やっぱ、単純は無理だわ。

こんな奴、説得する気にも闘う気にもなれない。私はどすんとソファーに腰を下ろす。立ちつくす、残り二人。

「——俺と、ダイレクトでやりとりしてたのは、なんで？」

後藤が、ぽつりとつぶやく。

「だからそれは、お前がこいつと住んでるって」

「でも、その話書いたのって、すごく最近だよな？」

「え——」

「それまではさ、好きなメシのこととか、話してたし」

俺がツイッターに『コンビーフ飯サイコー！』って書いたのが、きっかけでさ。後藤の言葉に、私は心の中でコケる。コンビーフ飯って。

「それがどうしたんだ」

「そっから、けっこう長いよな」

「何が言いたいんだって」

高山田は、苛々とした口調で返す。けれど後藤はそれを気にせず、高山田を見る。

「お前は——俺が好きだろ？」

「はああ——っ!?」

高山田と私が、ハモった。

「ああ、悪い。色々すっ飛ばした」

すっ飛ばしすぎだろ。そう思うものの、とりあえず聞いてみることにする。

「だって俺、仕事あるし、合コンとかしてるって書いてるし、さっきの小川の理屈から言うと、高山田的に楽しい相手じゃないよな。むしろ嫌って当然っていうか」

「ああ、確かに」

リア充感あるもんね。私がうなずくと、高山田はむっとしたような顔をする。

「なのに、続いてたってことはさ」

「おい。やめろ」

高山田の顔が、微妙に赤さを増した。

「お前、けっこう俺のこと、好きなんじゃねって思ったわけ」

「やめろってばよ！」

あはは、NARUTOかよ。オモシロ。

「でも俺はさ、別に好きじゃなかった」

「はあ!?」

またもや高山田と私が、ハモる。なにその持ち上げて落とすみたいなカンジ。ツンデレ？　いやこの場合、高山田がヤンデレなわけだけど。

「だって仲良かったわけじゃないし、なんか好奇心だけってのが見え見えだし――わかるじゃん、そういうの。文章がどうのじゃなくってさ」

ふうん。そういう読解力はあるわけね。それとも仕事柄、ネットでの反射神経がいいのかな。

「だから最初は、適当に返してた」

「おまえ……」

高山田の怒りが、またぐっとぶり返した。

「でもさ、菓子パンがさ」

「菓子パン？」

思わず声を出すと、後藤が笑う。

「そ。前に食った菓子パン。高山田、あれめっちゃ食ってんの。そんで食うたびに画像上げてくるわけ」

「なにそれ」

「その上、毎回『うまい！』って喜んでんの。そしたら俺も、食いたくなっちゃって」

その上での「あれ」か。私はぎろりと高山田を見た。なに。そんなに食べて、ひきこもってても普通の体型ってどういうわけ？　許せん。

「あと、俺の食ったもんでも、馬鹿《ばか》みたいなもんにばっか、反応するんだよ。コンビーフ飯とか、チキラー丼《どん》とか」

「なに、チキラー丼って」

「チキンラーメン粉々にして鍋《なべ》で煮込んで、飯の上に載っけるやつ。あ、卵はデフォで、ゴージャスなときはからあげクンつき。親子丼ってことでさ」

聞いてて、頭が痛くなるようなメニュー。炭水化物ｏｎ炭水化物に、脂《あぶら》もののコンボって。あんたたち、野菜とか野菜とか野菜は。

「……まずそ」

私がつぶやくと、高山田が「スイーツは黙ってろ」と返してきた。

「スイーツスイーツうるさいな。塩発言しかしない、塩人生野郎が」

言い返してやると、ものすごくくやしそうな顔で黙り込む。図星なんだから、まあしょうがない。

「くっそ……！」

高山田は、こっちを呪《のろ》い殺しそうな勢いで睨みつけてきた。そんな緊迫した状況の中、後藤がざっくりと話をまとめる。

「――まあ、とにかく、高山田って面白いんだよ」

ざっくりしすぎ。ていうか、どこが面白いのかもよくわからない。

「そしたらさ、なんていうか、好きになるじゃん」

「はあ？」

「なるでしょ」

って言われても、これっぽっちもうなずけない。

「で、結局何が言いたいわけ」

「高山田は俺が好きで、俺も高山田が好きになった」

その発言に、高山田が「え……」と絶句する。するよね。ここは、同情する。

だから、慈愛の心をこめて言ってやった。

「両想《りょうおも》い、おめでとう」

「で、これから滅茶苦茶《むちゃくちゃ》なセックスになだれこむわけね」

くそ長い前戯だったなあ。私が伸びをしながら言うと、高山田が頭を抱えてしゃがみ込む。

「なんなんだよ、これ……」

わっかりやす。がおって吠《ほ》えて、強がって、やり返されたらきゅーんって。なんかもうちょっとアレンジできないわけ。

(あ、そっか)

頭を抱えた高山田を見て、思い出すことがあった。

「ミニーさん」は実際、男子に愛されていた。

＊

いじめられていたわけじゃない。でも、本人は嬉《うれ》しくなかったかもしれない。

そういうのを、今は「いじり」って言うらしい。お笑いからきた言葉っぽいけど、いじくり回す、っていうのは確かに「本人の意思とは関係ない」感じがする。

ミニーさんは、そういう意味では見事ないじられキャラだった。

だってとにかく、反応がわかりやすい。基本、暗くて地味目なキャラなのに、簡単におだてにのる。

例をあげると、まず「こういうの、似合いそうじゃん」とか言われたTシャツを、馬鹿正直に買う。そして翌日、制服の下に着てくる。それも得意げに。でもって「うわ、ひでえ」「センスのかけらもねえな」とか言われて、涙目。ここまでがワンセットね。

あとは、「うそうそ、マジで似合ってるって」とか「組み合わせの問題だから」とか言われて落ち着くパターン。ごくたまに、脱いだものをゴミ箱に入れようとするミニーさんに「それを着こなせるのはお前だけだ」なんて声をかけるパターンも見た気がする。

まあ、いわゆるダチョウ倶楽部《クラブ》的なテンプレなわけね。

で、男子は単純なテンプレが大好きだから、繰り返すわけ。これまたお笑いの言葉で言うところの「天丼」ってやつね。

私はそれにノータッチだったけど、ときどきほんのりとうらやましく感じたことはある。

それはなんていうか、性的だったから。

別にクラスの男子はそういう目でミニーさんを見ていたわけじゃないし、ミニーさんだってそんなつもりはなかった(と思う)。

でもときどき、ほんとにときどき、「あれ？」って感じる瞬間があった。

たとえばそれは、女子の目がない場所で起こる。

いつものテンプレ。当たり前のように、「バカだなあ」「なんだよ」とやっているはずなのに、どこかほんのりと、ほんの少しだけ相手に寄りかかっているような感じがする。

「バカだなあ」が「ばっかだなあ」になり、「なんだよ」が「なんだよう」になる。それが、妙に気持ち良さそうだった。

「ばっかだなあ」

「なんだよう」

「でもそれがミニーさんのいいところってことで」

「なら最初っからほめろよ〜」

「はいはい」「へいへい」「いい子いい子」

それが何回も、ループする。飽きずに、繰り返される。そこにかすかな甘さを感じ取ってしまうのは、私がヘテロ男子じゃないせいだろうか。

テンプレ。お約束。いじり。この状況を表現する言葉は色々あるのだろうけど、一番ぴったりくるのは「プレイ」だと思う。

(そういう「プレイ」なんだよね)

演劇、あるいは性的な意味でのそれ。能動と受動がお互いの役割をわかった上で、手に手を取って同じシナリオを演じる。

そしてミニーさんは、いつもその中心にいた。

もしかして、「ヒロインだったのかな。ふとそんなことを思う。

軽く馬鹿にされながら、皆にかまわれ、笑われ、中心になる。私から見れば、それはピエロの役割なんだけど、もしミニーさんがそれを純粋に捉《とら》えていたとしたら。

なにしろ、おだてを本気にする性格なんだし。

そう考えたところで、私は嫌な結論にたどり着いてしまう。

（もしかして、ヒロインでいられなくなったから落ち込んでる——？）

もしミニーさんが、本当の意味でのヒロインだったら、今でも「いじり」という名のハーレム状態は続いているだろう。あるいは、本当に魅力のある人物だったのなら、数は減っても良い友人がそばに残っているはずだ。

でもミニーさんは女じゃないし、失礼ながら魅力もない。言ってしまえば、「学校内での暇つぶし」以外に、つきあう理由が見つからないキャラだ。その証拠に、ミニーさんは放課後になんの予定もなかった。

たとえば偶然、同じ時間に同じ帰り道を通ることになったら、男子はミニーさんをいじりつつ一緒に帰るだろう。でもわざわざミニーさんを誘うことはしない。あるいは、喋《しゃべ》りたい友達や彼女がいるとき、彼らはミニーさんに声をかけない。学校内の暇つぶし的立ち位置っていうのは、そういうことだ。

つまり、卒業してしまえば用ナシ。誰からも連絡はこないし、いじられもしない。

そして就職。まわりにいる人は、ミニーさんをいじらない。たとえミニーさんのいじられキャラに気づくことはあっても、実際にいじることはほとんどないだろう。だってそこ、職場なんだし。

(上司とか先輩とかが、「いじる側」とも限らないしねえ……)

で、まあ百歩譲って、職場で同じようにいじられる可能性があるとする。でも、まず普通に働いてる流れではなりにくい。むしろミニーさんが苦手とする合コンや飲み会の席でこそ、発生しやすいはず。

そしてミニーさんは、そういう場に顔を出さなかった。

つまり、ミニーさんは社会に出てからは誰からもいじられることなく、退社したんじゃないだろうか。

＊

推測が、当たっているかはわからない。でもそう考えると、ミニーさんがここに来た理由がわかる気がした。

というわけで、投げてみる。

「あのさあ」

「あ？」

いらっとする。そろそろ、まともな返事しろっての。

「あんた、私の服が着たいんでしょ」

めんどくさい相手だから、回り道はナシ。ていうか、気づかいナシ。

「え――はあ？」

ミニーさんの顔が、みるみる赤くなる。そうか、当たりか。それともすごい侮辱だと思った？

「なに言ってんだよ。おかしくなったのか、てめえ」

「あーはいはい」

きゃんきゃん吠えかかるミニーさんをかわして、私は自分の部屋に入る。そしてメイクテーブルの上にあったものをいくつか持って、リビングに戻った。

「はいこれ」

ぼすん。ミニーさんの頭に、適当なウィッグを被《かぶ》せる。

「うわっ。なんだこれ。なにすんだよ！」

叫びながら、でもそれを床に叩き付けようとはしない。バレバレだっての。

「いちいちうるせーな」

脂ぎった顎《あご》を摑《つか》んで、捨てるとこだったちびたリップを塗りたくる。整えてない、ざんばらなウィッグにはみ出したリップ。このままじゃ、ただの化け物だ。でも。

「ほら、変わったよ」

小さな鏡を差し出すと、受け取った。そして、おそるおそる覗《のぞ》き込む。

「これ――」

怯《おび》えたような声。そして何かを期待するようなまなざし。

うわあ、最低。そう思った瞬間、その最低に拍車をかけようとする後藤の存在に気づく。

「へえ、案外――」

「黙ってて」

高速でブロック。そういう優しさは、クソの役にも立たないんだよ。

「あとこれ」

フリンジの付いた、ふわふわのストールを首回りにぐるぐる。ベビーピンクの、女子度が超高いやつ。

ミニーさんは、それを巻いた自分を、じっと見ている。

イッツ巻きものマジック。首回りをラブリーにすると、不思議とそれなりに見られるようになるのだ。

沈黙。ミニーさんが、顔を上げるまでじっと待つ。

ミニーさんは、鏡を摑んだまましばらくその体勢で固まっていた。けれど、角度を変えてみたくなったのか、ふと小首を傾げる。そしてその瞬間、自分が何をしているのか自覚した。

「あ……」

何か言いたそうな顔で、ミニーさんが顔を上げる。でも、こっちからは絶対に何も言わない。

「たかや――」

無意味な返事をしそうになる後藤に、軽い裏拳《うらけん》。後藤は鼻を押さえたまま、恨みがましい目で私を見た。

私は、腕組みをしたまま仁王立ち。口は、開かない。

「お――」

俺？　それとも小川？　私は待った。

「これ――」

どうしたい？　何が言いたい？　私は、待つ。

だって私、こういう奴が、一番嫌いなんだもん。

待った。ミニーさんは待った。私も待った。

これは、ある種の我慢比べだ。だから嘲笑《あざわら》うことすら、しない。

だって私はこいつの友達でもなければ、親切にしてやる義理もない。

「あの――」

こういう我慢がきかないのは、後藤だ。黙って拳《こぶし》を見せると、ようやく学習したように口を閉じる。それを見たミニーさんの目の中に、かすかな「がっかり」が浮かぶのを私は見た。

やっぱり、そうだ。

んもう、絶対に言ってやらない。折れてなんか、やるもんか。

「で？」という表情で立って待つ。待つ。じっと待つ。

なあ、いじるなんてサービス、ただでしてもらえると思うなよ？


耐えきれなくなったのは、やっぱり当人だった。

「お、小川――」

ほうほう。ようやく名前をちゃんと呼んだね。

「なに？」

「これは、その――」

「だから、なに」

「……くっそ」

下を向いて唇を噛《か》むミニーさん。ああ、すっとする。ざまあみろ。

「その、だから――」

「なあにい？」

わざと、シナを作って応《こた》えてやる。パーカーの裾をくいくい引っ張って、スカート感マシマシ。

するとと案の定ミニーさんは、反応した。

「……ハンパだろうが！」

「はい？　なにがあ？」

「だから、これだよ、これ！」

そう叫びながら、頭を指さす。

「ハンパだから、なんなのお？」

袖《そで》も引っ張って、指先ちょい出し。後藤的な男にヒットするスタイルを作り上げる。

「だから……その……！」

後藤的な男、というのはつまり一般的な、ということ。そしてそこには、当然ミニーさんも含まれる。

「だから、なんだって？」

とどめとばかりに、足を伸ばしてハイソックスをわざとらしく直す。

「だから——下もなんとかしろよ!!」

はい言った。でもそうじゃないだろ。

「『なんとかしろ』？」

ぎろりと睨《にら》みつけてやると、ミニーさんは口の中でもごもごとつぶやく。

「なんとか、してください——でいいのかよ？」

「いいけど。それ以前にお前、私に言うべきことがあるんじゃないの」

「え？」

あー、やだやだ。言った側はすぐ忘れるって構図、いじめそのもの。いじられてたくせに、同じことするわけね。

「あのさ。私、すんごい、失礼なこと言われてますけど？」

「あ……」

「そんな相手、なんとかしてあげたいなんて、思えないなあ」

弱みを摑んだ以上、ぐいぐい行かせてもらう。

「お前——くそ、この……」

「『この』、なあにい？」

コンサート会場でのアーティストのように、耳に手を当てて「言ってー？」のポーズ。

「この……」

別にいいんだよ。折れなきゃ折れないでも。正直、その方が面倒がないからさ。

「その――ごめん」

「えー?」

声が小さくて、聞こえなーい。わざとらしく言うと、ミニーさんは顔をこれ以上ないってほど赤くして、声を絞り出した。

「……ごめん、なさい。許して下さい。すいません」

「なにを許してほしいのー?」

「――オカマ、とか人生詰んでる、とか、そういうこと言って、すみませんでした――」

うわあ。あらためて聞くと、やっぱひど。やっぱむかつく。でもまあ。

「いいよ」

「へ?」

「許してあげる」

ぽかんと口を開けて、超絶キョトン顔のミニーさん。ウィッグとリップでその表情、テレビだったら絶対に放送禁止。ヤバすぎる。

「許してあげるよ。で、私に何をしてほしいの?」

「え……」

「ちゃんと言わなきゃ、わからないし」

わかってる。でも、言え。その恥ずかしさくらい、てめえで受け止めろ。

「その――首から下も、きれいにして下さい」

きれいって。笑いそうになったけど、そこは武士、じゃなくて女子の情けでこらえた。

「いいよ。もしリクエストがあるなら聞くけど、ないならおまかせでやらせてもらう」

「えっと、おまかせで――」

「了解」

そこまできて、私はようやく後藤に向き直る。

「喋っていいよ」

「え？　ああ――」

「私は服選んでくるから。高山田と話してれば」

二人に背を向けて、私は自分の部屋に戻った。

さて、これは腕の見せ所ってやつかな。

＊

選んだのは、リボンタイつきのブラウスに丈の長いカーディガン。それにフレアタイプのショーパンと黒いニーソを合わせた。

リボンタイで胸元の薄さをごまかし、カーディガンでなで肩っぽく見せると、シルエットが華奢《きゃしゃ》に見える。さらにショーパンのフレアはお尻《しり》にボリュームを与え、黒いニーソは足を細く見せる。はずだ。

「これ、着てみて。着替えを見られるのが嫌なら、私の部屋で。わかんなかったら、呼んで」

ばさりと一式を渡すと、ミニーさんは真っ赤な顔のまま、こくりとうなずいた。そして、私の部屋へと消える。

「……えーと。ちょっと、流れがわかんないんだけど」

立ち尽くしていたままの後藤が、おそるおそるといった風に口を開いた。

「ミニー、じゃなくて高山田は、小川と同じ方向のヒトだったわけ？」

「違うよ」

私はソファーにどすんと腰を下ろす。

「たぶん、ストレート。ヘテロ。後藤と同じ」

「じゃあ、なんで」

素直に着替えてんだ。心底不思議そうな顔で、後藤がたずねた。

「変わってみたかったんでしょ」

「なんだそれ」

「就職ダメで、家の中でもダメで、遊び友達もいない。つまんない毎日、と思ってたところに、変化のある生活を送ってる奴らがいた。だから来てみた。そういうことだと、思うけど」

「奴ら、って？」

「だからさあ」

自覚のない奴は、本当に面倒くさい。いや、自覚じゃなくて、客観視ができてないのか。そこは、後藤もミニーさんと変わりがない。

「私と後藤の現在は、高山田から見たら『東京で成功してる』んだよ」

「でも、金ないぞ」

「そういうんじゃなくて。まずは企業に社員として就職できてて、それでこっちで生活できてること。地元に尻尾《しっぽ》を巻いて逃げ帰ってないだけでも、勝ち組なんだよ」

ああ、使っておいてなんだけど、この〝勝ち組〟ってコトバ、大嫌い。こんなとこでまで、徒党を組ませるなっての。

「そんなもんかな」

「そんなもんだよ」

たぶんミニーさんは、見物しにきたんだと思う。東京見物のついでの、化け物見物。後藤はそのナビゲーターだ。

でも、見たら気持ちが変わったんだろう。私がそれなりに「女」だったから。まず、嘲笑う気が失《う》せた。そして「ちやほやされてるんだろうな」って勝手に嫉妬《しっと》して、憎悪《ぞうお》した。

早い話が、ミニーさんは、私がうらやましくなったのだ。

それを確信したのは、あの視線だった。

私が女子っぽい仕草をして、どきりとさせるような角度を見せるたび、ミニーさんは食い入るようにこっちを見ていた。でも、そこに性的なものはこれっぽっちも感じなかった。感じたのは、むしろ苛立《いらだ》ち。

最初は、オトコのくせにむらむらさせんなよ、かと思った。けど、ミニーさんの苛立ちは、自分に向いているように見えた。そう。私のような化け物に、引きつけられてしまった自分に。

つい、見てしまう。引きつけられてしまう。でもそれって女装のおかげだろ？　俺だってこういう格好をしたら、そこそこ見られるんじゃね？

そう考える気持ちは、わかる。ていうかそこまでなら、笑って受け入れることができた。けれどミニーさんは、自分を客観的に見られない上に、妙な自信を持っていた。

だから、こう思ったんだろう。

ああいう格好をすれば、俺だって簡単にちやほやされる。そしたら、世界が変わるかも。でも。

でも、自分から、そんなこと言えるか。

言わせてやったわ。ざまあ。

＊

おずおずと出て来たミニーさんを見て、後藤が「へえ」と小さな声をもらす。まあね、そう見えるよう、コーディネートしたからね。

ミニーさんは、背が低い。男としてはウィークポイントだけど、それが女子だったら武器になる。カーディガンの丈が長いのも、それを強調させるためだし。

「あの――」

無言の私に向かって、ミニーさんが問いかける。

「なに。きれい、とか言ってほしい？」

「え。そんな」

「言うわけないじゃん。どこまでサービス期待してんだか」

私が言い放つと、ミニーさんはさすがにむっとしたらしい。

「お前、いちいちキツすぎ」

「当たり前でしょ。そっちが受け身すぎんだよ」

「受け身って、なんだよ」

やっぱり自覚ないかあ。私は盛大にため息をつく。缶に残った発泡酒を口に運ぶと、ぬるくて気が抜けて飲めたもんじゃない。

「『なんかしてして、かまってかまって』って声が丸聞こえなんだよ。しかもさ、してもらったらしてもらったで、どうとでも言えるじゃん」

「どうとでも――？」

「『俺はこんなつもりじゃなかった』からの、『お前がそうするから』ね。でもって最後に、『悪いのは俺じゃない』でフィニッシュ」

一事が万事、そうなんだろ？　私の突っ込みに、ミニーさんはついに音を上げた。

「許してあげる、って言ったじゃねえか……」

今にも泣き出しそうな表情で、うなだれる。

「ああ、そうだっけ。ごめんごめん。ホントのことばっか言っちゃって」

だってこういうオトコって、放っておくとすごいテンプレルート辿《たど》るでしょ。

『俺がこうなったのは、親のせいだ。社会のせいだ。女のせいだ』

今、女子っぽい立ち位置になってすごく感じるのは、マジでこう思ってる男が案外多いってこと。実際ここまでひどくなくても、合コンや飲み会の席でぽろりともれる本音に、私はうんざりしていた。

なんていうのかな。『痴漢されるのは、短いスカートを穿《は》いてるから。お前が悪い』的な？

馬鹿すぎる。悪いのは、犯罪者に決まってんだろうが。

お前が今ダメなのは、お前が悪いんだよ。

甘やかされた被害者意識。昭和のマッチョ思想を煮詰めたような単純さに、反吐が出る。受け身な男子は、うんざりだ。


あんまりいじめてもかわいそうなので、私はミニーさんの顔を整えてやることにする。眉《まゆ》を整えて、ファンデでコーティングして、簡単なアイメイク。これだけで、かなり見られるようになる。

「まあ、それなりだね。遠目にはわからないでしょ」

「――すげえ」

ミニーさんは、鏡を覗き込んだまま手放さない。

「あのさ、外へ出てみない？」

後藤の提案に、私とミニーさんはぎょっとする。

「なに言ってんの」

「いやいやいや、それワロエナイから」

全力で否定する私たちに、後藤はのんびりと言った。

「だってもう、飲むもんないじゃん。それにせっかくお洒落《しゃれ》したんだし、散歩しようぜ」

コンビニ行くくらい、いいだろ？　そう言われて、私とミニーさんは顔を見合わせる。

「あー……ヒールとか、履いてみる？」

「まあ、履いてみたいけど——サイズ違うだろ」

「……ブーツなら、筒があるから脱げないかも」

ぼそぼそと相談し、ニーソに似合う丈のブーツを出してくる。そんな私に向かって、後藤はさらに信じられないことを言う。

「小川も着替えろよ。そんなんじゃ寒いだろ」

「は？」

なんで私まで行くことになってるわけ。そうたずねると、「せっかくだから」とわけのわからない返しをされた。

まあ、ミニーさんサービスの総仕上げってことで。私は部屋着の上にざっくりとしたゲージのセーターを羽織り、タイツとミニスカートを合わせた。上着はともちゃんに敬意を表して、ハーフ丈のダッフル。ミニーさんには、女子度の高いふわもこ素材のボレロを着せた。

さて。百鬼夜行のはじまりはじまり。

後藤は、わざと遠いコンビニを目指そうと言った。

「ホントはさ、ちょっとお洒落なとことか行きたいんだけど金がないんだよな。笑いながら、のんびりと歩く。

「お洒落なとこって、どこよ」

「うーん、表参道とか六本木とか？」

「俺、そんなとこ行ったら死ぬ自信あるわ」

ミニーさんが、心底恐ろしそうにつぶやく。

「じゃあ逆に、このカッコでアキバのメイドカフェとかは？」

「やめろって、マジで！」

カオス過ぎる。私はげらげら笑いながら、ミニーさんの腕に自分の腕をからませた。

「なにすんだよ！」

「女子でしょ。手、つなごーよ」

「マジか」

「やるなら、とことん。ハンパは恥ずかしいよ」

真顔で言うと、ミニーさんは「まあ、そんなもんか」とつぶやく。

出血大サービス。ていうか、よろけるヒールでのナイト・クルージングは悪くない。

ミニーさんの顔はかなり下にあるから、私はゆいを想像しながら歩くことにした。

すれ違う人たちに、私たちの正体はバレていない。冬のファッションは、何かを隠すのにもってこいなのだ。

コンビニに着く前に、後藤がさらに余計な提案をする。

「なあ、俺をモテモテにしてよ」

「なんだそれ」

「せっかく女子二人と歩いてるんだからさ、左右から腕組んで、ハーレム状態にしてくれない？」

バカだなあ。私とミニーさんは、盛大に噴き出す。

「だってほら、なんか楽しいし」

夜遅い時間のコンビニは、仕事帰りの人々でそれなりに混んでいる。薄暗い夜道では大胆だったミニーさんも、さすがに緊張したのか口数が少ない。そこで私は、後藤を挟んで反対側からミニーさんを見る。

「ねえ、なに買う〜?」

いつもよりワントーン高い声で、いつもよりくにゃんと発音してみる。すると、背後にいた若いリーマンが「おっ」の顔で振り返った。そしてミニーさんに目を移し「んん?」という疑問符のついた表情を浮かべる。

「あ、お、あたしは……梅酒がいい、な」

声、低っ。ていうか、ここでも梅酒かよ。ゆいといい、どこまで梅酒と女子はイコールなんだか。

「そっかあ。ね、後藤は? なんかおやつも買おーよ」

「そうだな。ポテチとなんか——女子は甘いもんも欲しいよな」

ここのところ私といるせいか、後藤はものすごく自然にミニーさんを女子扱いする。

「なあ、ミニーちゃんはなにがいい?」

「え? あ? えっと、あ、アイス」

「冬なのに?」

後藤の突っ込みに、ミニーさんはしどろもどろになる。

「あの、あたし、アイスが大好きで。冬でも食べたいっていうか」

「そうなんだー。でもいいよね。あったかい部屋で、冷たいアイスって！」

後藤を挟みつけるようにして、私はミニーさんを引き寄せる。これで、後藤は女子二人にぎゅうぎゅうにサンドイッチ状態だ。

「ねえ、部屋に帰ったら、アイスの食べさせっこしようか」

「お、いいね」

「こぼしたら罰ゲームで、キスしなきゃいけないの」

どう？　と言いながらレジのバイトくんに微笑《ほほえ》みかける。さっきから私を「おお〜」の顔で見てくれていたお礼。

「う、うそ……」

どう考えてもの冗談を、マジに受け取るミニーさん。なるほど、これはいじりたくもなるわ。

「ね。キスしたこと、ないの？」

囁《ささや》くように言うと、ガチガチのまま真っ赤な顔で私を見る。やばい。ほんのちょっと、一ミリくらいだけど、可愛《かわい》いとか思っちゃった。

「く、口には、ないけど。ほっぺたなら、あるし」

「うわあ、ミニーちゃん、めっちゃピュアだね」

ピュアって、お前。私は笑い出しそうになるのを、必死でこらえる。なのに、ミニーさんは真っ赤な顔のまま、こくりとうなずいた。

「あたし、そういうの、よく知らないから……」

のっかるのか、それ。しかもマジでか。

私はここで、おだてると天まで昇るミニーさんの性格を思い出した。よくもまあ、そこまで自分を信じられるな。うらやましい。

そこでふと、思う。もしかして私は、ミニーさんのこの「俺は肯定されるべきだ」って感じが、憎らしかったのかも。

(肯定されない方ばっか、歩いてるからかなあ)

ヘテロの男ってだけで、生きやすい部分はある。だって女子と話してて思うのは、「私は肯定されない」ってことだから。

派手な服着たらビッチ扱いで、地味な服にしたら非モテ扱い。仕事ができれば鼻につくって思われて、できなきゃただのダメ女。

「なんかもう、どっちに転んでも文句言われるからさ、『きー』ってなる!」

これはよく、かおりや仲村さんが言う台詞《せりふ》。

女子の押さえつけられ感と、男子の無意味な肯定感。どっちも不幸だし、でもどっちも幸せ。

私には、縛ってもらえる安心も、そこまでの自信もない。目の前に広がるのは、茫《ぼう》漠《ばく》とした荒野だ。

どう歩いたらいいのかのロールモデルもなく、共に歩む人もいない。

そこには、道がない。でも歩くしかない。そんな感じ。

なんかさ、ちょっと泣きそうでしょ？　泣かないけどね。

後藤にぶら下がりながら店内を見ていたら、パンのコーナーに「あれ」を発見した。

思わず手を伸ばそうとすると、全員が同じポーズをとりつつあることに気づく。

「あ」

三人で、同じ菓子パンを手に取る。

「いやなんか、なつかしいなあって」

「こないだも買ったくせに」

「あ、それアップしてたの、見た。グーパンくらったって、マジ？」

「マジマジ」

笑いながら、一人一つずつ買うことにした。

＊

帰り。回り道をしながら、菓子パンを齧《かじ》る。

「小川ってさあ」

「ん？」

「高校のときから、中身はこっちだったの」

砂糖や粉をぼろぼろこぼしながら、ミニーさんがたずねる。

「んー、まあ、そうだね」

「そっか」

「うん」

ミニーさんは、しばらく黙って菓子パンを食べていた。そして半分ほど食べたところで、ふと顔を上げる。

「お前って、強いんだな」

「え？　なに？」

「だってこういう格好とか化粧とか、すぐにうまくなったわけじゃないだろ」

「ああ。まあ、そうだね」

それこそ化け物みたいだったよ。そう言うと、後藤が「それ、見たかったなあ」と笑う。当然のグーパン。

「それで就職決めて、そのまま東京に住んでるって、すげえよ」

「いやまあ、そんな」

それなりに頑張りましたからね。

「お前、すごいよ」

ミニーさんにじっと見上げられて、私は困惑した。

「すごくないよ。別に」

かゆい。なんかすごくかゆい。だってこれあれでしょ。ケンカの後の「お前すげえ」でしょ。テンプレ中のテンプレでしょ。

「いや、すげえ。俺はお前を見直した」

「あのさ――」

ここはのっかるべきなのか。それともぶっ飛ばしてもいいのか。私が悩んでいると、後藤がげらげらと笑い出した。

「てか高山田、高校のとき小川のことなんて見てなかったじゃん」

うわあ、即物的対応。

「それにそのカッコで言われても！」

響かないなあ。笑い続ける後藤の尻を、ミニーさんがグーパンする。

「うるせえよ！　かわいいだろうが！」

その言葉に、私と後藤は凍りつく。

マジで、そう思ってたのか。

＊

お騒がせ大将のミニーさんは、その後部屋にもう一泊して、東京観光をしてから帰っていった。私はどうせ捨てるつもりだったからと、ミニーさんが着た服を一式プレゼントした。

「超ウケる。で、そのミニーさん、いまなにしてるの？」

涙を浮かべて笑いながら、かおりがパスタを巻く。いつものランチタイム、今日はパスタセットを頼んでいる。

「なにもしてない。まだ就職も決まらないみたいだし。でも――」

「でも？」

仲村さんはグラタンのマカロニをふうふう吹いて、首を傾《かし》げる。

「ツイッターとか見たら、なんか楽しそうだった」

「へえ」

「私のあげたニーソ穿いて、部分撮りして『誰だ？』みたいなのやったり、百均で買ったネイルシールつけて『彼女の手』とか言って、突っ込まれまくってるっていうか、突っ込みどころ満載なんだよ。ニーソは汚い膝《ひざ》やすね毛がチラ見えしてバレバレだし、手だってあきらかに男の手なんだもん。私がそう言うと、仲村さんは「ん？」という表情になる。

「あのさ、それってそのミニーさんって人にとっては、理想の状態なんじゃない？」

「どういうこと？」

「不特定多数の人に、いじられてるってことでしょ」

きっとそういうタイプは、炎上だって楽しめるよ。仲村さんはマカロニを口に入れると、小さく顔をしかめた。

「そっか。ミニーさんは、幸せか」

私がつぶやくと、かおりがにやにやと笑う。

「しかしあれだね。ミニーさんって、ものすごく押しに弱いね」

「そうだね」

実際、恥ずかしがりながらも腕は組んでたし。私の言葉に、かおりは一人うんうんとうなずく。

「なんかさ、ごり押しされたら、男ともやれるんじゃない。そっち方面、知識なさそうだしさ」

「あんたねえ」

「ほめながらごり押ししたら、いけるってマジで。うわあ、BL展開キタなあ！」

そっち方面の本、読みすぎだって。私はため息をつきながら、スマホを出してミニーさんの顔や足の写真を見せる。すると、かおりはものすごくがっかりした顔で唇を尖《とが》らす。

「なあんだ」

「でしょ」

世界で最も無意味なニーソは、ともちゃんのでも私のでもない。

ミニーさんのものだ。

LIFE AS A GIRL

「はいこれ、今月分」

差し出された封筒を、うなずきながら受け取る。そしてその場で、中身を確認。

「確かに」

お札を抜き取り、ガワは後藤に返す。

「おお、なんか裏社会っぽい」

いや、銀行の封筒とかいらないだけなんだけど。でもってまあ、定番の質問。

「……いつまでいる気？」

「あ、まだ聞く？」

「『まだ』って何」

「もうさ。慣れたっていうか、なじんだっていうか、その――いいかなって思われえ？」

言いたいことはわかる。確かに生活面では、慣れた。こいつは案外学習機能があるから、便座の上げっぱなしは解消されたし、掃除も（言えば）するし、ルール的に問題はない。

でも、だからって距離感を詰める気にはなれない。

「いいわけないいじゃん」

私が答えると、後藤はちょっと悲しそうな顔をする。

「なんか、冷てえなあ」

だろうね。あんたなら、そう思うだろうね。でもさ、そう思えるうちが幸せなんだよ。

「意思確認をなあなあにしとくと、ろくなことにならないの」

ちゃんと問いかけること。それに答えること。関係がこじれると、そんな基本的なことができなくなる。

「そういうもんかな」

「そういうもんだよ」

だから、そうなる前に会話の筋肉を鍛えておく。スポーツ選手の身体《からだ》が、考える前に動くように。会話をする気力がなくなっても、自動的に意思確認だけでもできるように。

＊

「なーんか、『冷たい』ってさ、オトコの方が使う気、しない？」

隣に寝転んだゆいが、雑誌をぱらぱらとめくりながら言う。

「だね。会社でも、言われたことあるよ」

私はフリース毛布の中に手を入れて、つるふわのお尻《しり》を撫《な》でる。ああ、いいなあこの感触。

「残業断って『冷たいなあ』って、なんなんだか」

「みきは、それになんて返したの？」

「『Mですか？』って」

例の薄情な上司は、それを聞いて軽く肩をすくめた。そりゃそうだ。だってあいつ、完全なるSだもん。

「ヘンな職場」

くすくすと笑いながら、ゆいがお尻を左右に振る。つるつる、ふわふわ。

「でもさあ、そしたらあったかい人って、大変だよね。残業断れなくて、自殺するまで頑張ったりしちゃうのかな」

「ゆいは、絶対に自殺とかしないでしょ」

「どうかな？　それが一番得な方法だと思ったら、するかもよ」

「自殺が一番得って、どういう状況よ」

「んー、もうこれ以上ないってほど歳取《とし》ってて、死んだ方がマシってくらい痛い病気にかかってる、とか？」

これ以上ないってほど歳取ってる時点で、老衰なんじゃない。私の指摘に、ゆいは声を上げて笑う。

「老衰、マジウケるんだけど」

笑いながら、身をよじる。その動きに合わせて、指をお尻の割れ目にするりと這《は》わせた。ぴくん、とゆいが顔を上げる。

「この話題で、それ？」

挑戦的な目。ビッチで傲慢《ごうまん》で、すごく綺麗《きれい》。

「嫌？」

「なわけないでしょ」

こころもちお尻を持ち上げて、ウェルカムのポーズ。そのまま指は、割れ目の奥へ。

ゆいのくちびるから、ため息がもれる。チェリーフレーバーの、リップの香り。

「ところで、何の特集読んでたの？」

背中にのしかかるようにして、のぞきこむ。指は、入れたまま。

「ん……みきの、いじわる」

「『遠距離恋愛』ねえ。ゆいってもしかして、遠くに彼とかいるの？」

「んん、いるよ。滑り止め的な意味で」

「受験じゃないんだから」

私は笑いながら、ゆいの肩を甘噛《あまが》みする。

「あ……セーフティネットみたいなもんだよ。地元の相手だから」

「それって、東京でしくっても、最悪地元で結婚すればいいってハナシ？」

「まあね」

「ひっどいなあ」

指をそっと動かすと、ゆいの身体がひくひくと揺れる。

「ひどいの、きらい？」

嫌われてもいいよ、という響きの声。下からうかがうように聞くんじゃなくて、ただフラットに、好き嫌いをたずねるゆい。そんなゆいが、好き。

「なわけないじゃん」

ひどくて、いいなあ。指を抜いて、背後からぎゅっと抱きしめる。

「やだ、抜かないでよ」

「はいはい」

黒髪に頬を埋めたまま、もう一度指を滑り込ませた。でも、自分の体重を支えてる方の手が微妙に痛い。太ってはいないはずなんだけどな。私はそう思いながら、支点をずらせて加減する。

ロマンティックなセックスにも、筋肉は必要なのだ。

半裸の女の子と、あたたかなベッドでごろごろするのが大好き。それが寒い季節なら、もう言うことはない。

「やっぱ、遠くのカレシより近くのセフレだよねえ」

暖房をがんがんに効かせた部屋で、ゆいはミニ丈のロンパースを着ている。裾《すそ》がフレアになっているから、どこからでも手を入れられる、エッチな服。

「なにそれ」

やけに実感こもってるね。私の言葉に、ゆいが苦笑した。

「寒いから、かな」

「人肌が恋しいってこと？」

「まあね。遠いと、体温どころか、声まで忘れそうな気がして」

メールにツイッターにライン。文字だけのやりとりを重ねていると、相手が実在しているのかと、揺らぐ瞬間がある。

「しかもさ、そもそも滑り止めで、なんかない限りは帰らないつもりのとこにいる『カレシ』だよ？　現実感薄すぎ」

「相手は、電話とかしてこないの？」

「こないね。ひきこもくんだから」

「あはは、それもはや二次のヒトじゃない」

ゆるふわほっこりを装《よそお》う、巧妙なビッチのゆい。そんな彼女の相手がひきこもりキャラだとは。

下手したらDTなんじゃない、とは言わなかった。けど、思った。

ひっどいハナシ。

でも、よくできてる。

＊

そもそも遠距離恋愛、って言葉自体がファンタジー。私がそう言うと、仲村さんがオフィスのチェアをぐるりと回転させた。

「聞き捨てならない」

「……今、そのフレーズ使うのって時代劇のヒトだけじゃないですか」

ドライマンゴーをつまみながら応《こた》えると、仲村さんはチェアを滑らせて隣にくる。

「遠距離だって、恋愛はできるよ」

「できますかねえ」

「できるって」

むきになるのは、もしかして経験があるからかな。けど就業中だし、そこは突っ込まないでおく。

「仲村さん、もしかしてですけど、男女間の友情は成り立つ派ですか」

「なにそれ。当たり前のこと、聞かないでよ」

成り立たなかったら、困るでしょ。むっとした顔で答える仲村さんを見て、しみじみと思う。

仲村さんは、幸福なファンタジーの世界に生きている。

「……ですよねー」

それが私には可愛《かわい》くもあり、羨《うらや》ましくもあり、そしてときどき、憎らしくもある。

「ところで緊急事態。あのさ、夏もののラインナップ見た？」

そのために振り向いたのか。私はちょっとだけ身構える。素直な仲村さんが『緊急事態』と言うときは、本当に緊急な事態が多いのだ。

「いえ。まだですけど」

「今日届いたんだけど、かなりいいよ。ただね、問題児がいる」

言われるがままに共有ファイルを開くと、確かに来期のラインはイケてる。デザイナーズブランドのテイストを残しつつ、でも実用的な感じ。ただ、仲村さんの言う『問題児』はわからなかった。

「パクリは、ないように思えるんですが」

お洋服好きの端くれとして、私もファッションの情報は常にチェックしている。だから、そういうものがあったらわかると思っていたんだけど。

「これだよ」

仲村さんが、画面の中にあるスカートを指さす。フルーツをモチーフにした柄で、フレアのミニとマキシ丈、それに紐《ひも》で締めるタイプのドロストパンツが用意されていた。

「特に変わったデザインじゃありませんよね。ドロストのカットがちょっと個性的だけど」

「うん。問題はデザインじゃないんだよ」

仲村さんは、手を伸ばして私のマウスを摑《つか》む。そして検索サイトから、とあるページを探して開いた。

「これって——」

スカートではない。おそらく実物は、一枚の絵なのだろう。

「布の、テキスタイルデザイナーさんの作品だよ」

柄が、完全に一致。ていうか、あからさまな盗用だ。

「……ヤバいですよね」

——さすがブラック企業。

なんて嘘《うそ》。こんなのは、あるあるすぎる日常茶飯事。新作が出るときの、お約束みたいなものだ。で、それをなんとかするために社員はいる。逆に言うと、社員はこういうことのために、雇われる。

「うん。日本人だし、絶対バレる」

「なんでバレそうなとこから、しかもそのまんま引っ張るかなあー！」

せめて外国。それもアジア辺りだったら、なんとかなったのに。私は頭を抱えようとして、はっと気づく。

「あ、上に連絡は」

「したよ」

仲村さんは、夢見がちな性格だけど仕事は速い。

「工場、間に合いますかねえ」

「柄物から着手するから、微妙だね。しかもこれ、社内的に好評だったし」

うちの会社の工場は、中国の田舎にある。これは人件費が安くて、無理くりな納期を押しつけやすいという、ブラック企業お得意のパターン。

そこでは写真どおりの見栄《みば》えさえクリアできれば、裏地がほつれていようが、糸の始末がぴろぴろしていようがおかまいなし。もし誇りがあるとすれば、見た目のオーダーを「時間内で」「賃金内の手間で」やりきったということだろう。

「出ちゃうかなあ」

「どうかな。プリント済みだったら、確実だろうけど」

相手は、ブラック企業の指令なんかものともしない世界の商人。売れそうだと思えば、ストップされてもそのまま作って他に売る。そうなると市場に出てしまって、訴えられたときにすごく面倒くさい。だからパクるなら、気づかれないか訴えられないところから、というのが常識だ。

「——デザイナー、誰ですか」

「社外。ネットのコンペで採用されたやつなんだよね」

なんかこう、いちいちダメな感じ。ダメのスリーカードだ。

「そいつへの文句は、上に任せとくとして」

仲村さんは私に向き直る。

「あたしは中国。あんたはこのページの人に話をつける。最終的な部分は法務の意見を聞きながらだけど、まあ担当だと思って」

「マジですか……」

「あとで方針決める会議あるから、って言ってたよ」

それまでにこの人のこと、調べときなよ。そう言われて、私はがっくりと肩を落とす。

「つかこのページ、ほとんど情報なくないですか」

シンプルでお洒落《しゃれ》なサイトには書いてあることが少なく、そもそもプロなのかアマチュアかすらもわからない。

「ツイッターのアイコンあるじゃん。それでも読んどけば」

「まあ……そうですね」

「んじゃ、あたしは中国に連絡取るから」

仲村さんは再びチェアを滑らせると、自分のデスクに戻っていった。そして電話に手を伸ばし、すごい勢いで中国語を喋《しゃべ》りだす。ケンカしてるみたいな口調。でもそれはこの話題だからってことじゃない。いつものことだ。

仲村さんは大卒で、中国への留学経験もある。それだけでもすごいなあって思うけど、でもなによりすごいのは、中国語でケンカできるところだと思う。だって読むことと、生きた言葉を喋ることって絶対的に何かが違うから。

「いやあ、あたしのは適当だよ。それに中国は色んな言語があるから、通じる地域も限られてるし」

だとしても、憧《あこが》れる。ビジネスの現場では、中国語ってやっぱりすごい武器だし。

ツイッターの画面をスクロールしながら、ぼんやり考える。

(専門卒で、武器がないトランスジェンダーってさ)

笑っちゃうくらい、未来が見えないよね。ともちゃんなんかは「そんなことないよ。未来があたしたちに追いついてないだけ」とか言うけど、生きてるうちに未来は追いつくの?

なんてね。考えてもしょうがないことは、考えないに限る。だってさあ、未来が見えないのは、私だけじゃないもんね。

そういう意味では、いい時代に生きてるなあと思う。だってみんな豊かで満ち足りてたら、私みたいな人間の居場所ってなさそうだもん。

(——にしても、特徴なさすぎ)

私はツイッターの内容を読んで、ため息をつく。作品紹介が基本で、あとは作者の気になる展覧会や布の情報。たまに外国のテキスタイルを紹介したりしているけど、それでわかるのは作品の傾向だけ。自分のサイトにも写真や自己紹介はないし、名前だけでは性別もわからない。

「大変だねー」

背後からかおりに言われて、私はうなずく。

「なーんか、情報少なくって」

「『アーティスト』、って感じ」

透明感、あるもんねえ。かおりが鼻で笑いながら画面の下を指さす。そこには、作者が自分で撮ったであろう写真がアップされていた。

『平たい空は嫌いだ』

——ごめん。なんか結構わかった気がする。

「女だね。若い女。じゃなきゃ若い気分の女」

私が思ったのと同じことを、かおりが口にする。けれどかおりは、さらにその先を続ける。

「次の写真も、似てるね。どっちも投稿された時間が、平日の昼間。てことは会社勤めの可能性は低いね。美大生的な雰囲気もないし、主婦かな。それとも家事手伝いという名のニートかな」

ひっどい。でも鋭い。

「次は猫か。テンプレだね。『この高貴な前脚』だって。学校の成績はいいけど、頭でっかちでプライドだけ高くて、世渡り下手な感じ。だからアマチュアですって胸張れなくて、プロに足引っかけたまんま宙ぶらりん」

「……FBIに転職したら?」

私の言葉に、かおりはけらけらと笑う。

「このくらいのプロファイリング、女の戦場じゃ当たり前だし」

ママ友とか、すんごい情報戦らしいよ? それを聞いて、私は軽く感動する。なんだその無意味に高度な世界は。

「じゃあ地名とか固有名詞が少ないのは、なんでだと思う?」

私の質問に、かおりはうなずく。

「そこポイントね。アーティスト系って、自己顕示欲が強い人が多いんだよ。でなきゃ作品なんて作らないし、ウェブで世界にさらけ出したりなんてするはずない」

「だろうね」

「でさ。そういう人が、わかりやすい場所に住んでたらばんばん言うよね。京都です。鎌倉です。湘南です。神戸ですって」

そこまで聞けば、私にもわかる。

「そっか。自慢できるような場所に、住んでないんだ」

「たぶんね。海もないし、山もない。都会でもない。カフェの写真もない」

下手したらイオン系ロードサイド在住か。ぞっとしない。

「——でもさ、性格はともかく、デザインは素直だね」

私のつぶやきに、かおりもうなずく。

「そうだね。だからパクられたんだろうけど」

過去の作品を溯《さかのぼ》ってみると、それがよくわかる。フルーツ、鳥、木の葉。モチーフはどれもありふれたものだけど、ざっくりしたデザインがそれを洒落たものにしているのだ。

作品の打点は、そこそこ高い。うまく売り込めば、うちみたいなアパレル企業と契約することくらいはできるだろう。

「……そこを突破口にするしかないかあ」

「だね。頑張って〜」

ものすごく『他人事《ひとごと》』って感じの口調。なんか、ひっかかる。

「ちょっとあんた。もしかしてこれから休み？」

「当たり。明日から台湾だから、追っかけないでね」

くっそ。おいしそう＆あったかそうで、うらやまし過ぎる。

「お土産買ってきてあげるから」

私の肩を軽く揉《も》んで、かおりは自分のデスクに戻っていった。その背中を見つめて、私は盛大にため息をもらす。

ああ、小籠包《しょうろんぽう》食べたい。

＊

上からの書類を待つ間、とりあえずのコンタクトを試みる。作者のサイトにアドレスが載っていたので、そこにメールを送ってみようと思ったのだ。こういう場合の定石通り、理由は、はっきりと書かなかった。

すると、一時間もしないうちに返事が来た。ものすごく恐縮して、へりくだっている。企業に声をかけられて、驚いているんだろう。文章の最後に添えられた名前は、本名らしく女性名だった。

けれど名前の後に並んだ住所を見て、私は驚く。

なにこれ。

少し悩んでから、薄情な上司に告げる。

「コンタクト取れましたけど、どうしますか」

すると、上がってきたばかりの書類の束を渡される。

「小川、行ってきて」

「場所も聞かずに言いますか、それ」

「北海道や沖縄だったら、離島料金を加算してやるよ」

二〇〇パーセント興味のない言い草。

「——関東地方ですから、結構です」

「ふうん。じゃあ日帰りね。泊まりの場合は自腹でよろしく」

「はい」

「失敗したら、法務に電話して。二十四時間、電話に出るようにしとくから」

そう言って背中を向けると、片手をひらひらと振った。

こっちの扱いもぞんざいだけど、二十四時間待機を言い渡される法務係の人も、たいがいな扱いだ。どうせ、弁護士だって二十四時間待機に違いない。

（資格を持ってたって、そんなもんか）

どんな職業についても、どれだけ資格があっても、家畜化する奴《やつ》はいる。そうなるつもりはさらさらないので、とりあえず私は外に出た。

時計を見ると、ぎりぎり午前中。目的の場所へ往復すると、帰りは夜遅くなるだろう。家に戻っている時間はない。

歩きながら、店のウィンドウに映る自分をチェック。

アウターは、ベージュのトレンチコートにダークブラウンのブーツ。基本中の基本な組み合わせだけど、まあシルエットはキレイ。アクセントは、コートの裾からチラ見えする赤系チェックのスカート。インナーは、モヘアすぎないふんわりとしたニットにジャンクパールのネックレス。偶然ブリティッシュに寄せていたのは、ラッキーだった。

（ま、そこそこちゃんと見えるか）

謝りにいくのに、ちゃらい格好をしていたら火に油を注ぎかねない。そして駅ビルについたところで、手土産に適当なお菓子を買った。この費用は出ないだろうから、千円程度のものにする。

＊

ターミナル駅まで、在来線で一時間。そこからローカル線で四十分。なんていうか、遠いけど遠くなくて、近いけど近くない感じ。特急列車に乗るわけじゃないから「旅行感」はないけど、でも時間だけで見たら、充分に旅行っていうか。

「――寒っ!!」

ホームに降り立った瞬間、私は小さく叫んでいた。

そうか、都内ってホントにヒートアイランドで、温度高かったんだよね。それに慣れすぎて、忘れてた。冬って、こんな風にがつんと寒かったんだった。

こういうところで、トレンチの役に立たなさったらない。本場イギリスでは違うかもしれないけど、とりあえずファッションに特化したデザインのそれは、裾から風が入りすぎ。生地薄すぎ。おーい、誰かゴアテックス持ってきてー。

慌《あわ》てて階段を探そうとして、再び気づく。何やってんの。平らな駅じゃん。

しかもね、この時間は無人。

機械にカードを押しつけて外に出ると、目の前にはコンビニと定食屋とチェーンのラーメン店。ドトールどころか、喫茶店という存在がない。

(うーわー……)

この辺はもう、駅を捨ててるんだな。ショッピングモールとか、車で行くところに人が集まってるに違いない。

バス停に近寄って時刻表を見ると、やはりというかなんというか、一時間に二本しかない。朝と夕方には十五分間隔だけど、今は推して知るべし。時間まで待たせてもらおうと思い、私はコンビニに入った。そして雑誌のコーナーで三度目のため息。

（あーもー……）

エロと実録系の鬼畜ネタと古いコミックの廉価版《れんかばん》しかない。死んでる。というか詰んでる。かろうじてファンシーな表紙を見つけて手に取ると、それは女の子用の求人情報誌。正直に言うなら、お水の情報誌だ。

私はマガジンラックを後にすると、レジのカウンターに行き、またしても絶望する。なんなの。昨今のコンビニって、コーヒーのディスペンサーが常備されてるんじゃなかったの。

しょうがないので、ホットのドリンクケースからジャスミン茶を取り出す。

「……ありがとざいましたー」

バイトのお兄ちゃんは、一瞬「おっ」の顔でこっちを見る。そしてそのまま、珍しいものを見るような目で私のことをじろじろと見た。

バレたかな。

そう思うものの、だからといってどうしたものでもない。素知らぬ顔で外に出て、寒風に吹かれながらお茶を飲む。秒速で冷えていくんだけど、意地で飲み干す。

また手持ちぶさたになって、もう一度店内に戻ろうか悩んでいるところにバスが来た。乗り込んで二十分。メールに書いてあった停留所で下りると、そこは見事に田んぼの真ん中だった。

（これは、空と猫しか撮るものがないわけだ……）

かろうじて家が固まっている一角を見つけ、そちらに向かって歩き出す。思えば遠くへ来たもんだ、って何の台詞《せりふ》だっけ。

そのとき、バッグの中でスマホが震えた。メールかと思って放置していると、動きが止《や》まない。

「なに」

就業時間中なんだけど。そう言うと、電話の向こうで後藤が困ったような声を出す。

『わり。あのさ、トイレ詰まったんだけど、こういうときってどうしたらいい？』

「はあ!?」

『いやなんかさ、でっかいのしたら流れが悪くてさ、でもかろうじてブツは流したわけよ。でも調子悪そうだなーと思って、連続で流したらさっき逆流して』

嘘。だれか嘘だと言って。

『ちゃんと掃除したから、心配すんなって。じゃなくて、管理会社の連絡先を教えてくれよ。報告の必要がないんなら、水道レスキュー呼ぶけど』

「ああ……そしたら連絡先メールするから。レスキュー系は、夜中じゃないんだしいらないでしょ」

言いながら、ふと疑問が浮かんだ。

「ところで、なんで平日に家にいるわけ」

『よくぞ聞いてくれた』

その台詞を耳にした瞬間に、聞く気が失《う》せたわ。

『お前さ、夜、楽しみにしてろよ』

「なにそれ。イミフ」

『元々、今日は半休だったわけよ。そんで何しようか考えてたんだけど、昨日深夜に飯テロくらってさ。すっげえ肉が食いたくなったわけ』

「そのハナシ、長くなる？」

家の近くまで来たところで、足を止める。

『冷てえなあ』

「冷たいも何も、仕事中だって言ってんでしょ」

『ま、いいや。そんなわけで俺、肉買ったんだよ。ステーキ肉。二枚で割引になってたけど、和牛のサーロイン！』

すげーだろ。夕メシはディナーだからな。得意げに言い放つ後藤に、私はため息をつきながら答える。

「あのさあ、今日、帰りが遅くなりそうなんだけど」

これから相手と交渉して、またバス乗って二十分、電車で一時間四十分。交渉と乗り継ぎがうまく行かなかったら、家に着くのは午前さまになる可能性だってある。

『マジかよ！　つか、今どこにいるんだ？　外で話してるみたいだけど、やけに静かだな。公園？』

公園だったらどんなにいいか。私はまた冷えてきた手を、コートのポケットに突っ込む。

そしてふと、つぶやいてしまった。

「あんたの実家の、隣の駅にいるよ」

『は？　なんだそれ』

後藤が困惑した声を出す。ああ、言うつもりじゃなかったのに。

「ちょっと仕事の都合でね。来なきゃいけなくなって」

『仕事？　そっちに店なんかなかっただろ』

さすが地元民。詳しいな。

「店が目的じゃないんだって。とにかく、そんなわけで帰るのは遅くなるから」

『それはいいけど――』

珍しく後藤が口ごもる。

「なに」

『お前、いつもみたいなカッコしてんの？』

それを今聞いてどうするんだって。なんか無性に、いらっとする。

「悪い？」

『だってその――いいのか？　それで』

うるっせえなあ。

「仕事で来てるんだし、別に何も気にしないけど」

『それならいいけど。だってそこって――』

はい。私の実家から、三つ目の駅ですけど。

それがなにか？

絶句する後藤に向けて、私はつけ加える。

「あのさあ、ホントに仕事で来ただけだから」

『――そうなのか』

「ていうか、仕事先以外にどこかに寄る時間なんてないし、この駅からまた帰るだけだから」

言いながら、疑問を覚えた。なんで私、後藤に言いわけしてるみたいになってるわけ？

「とにかく、もう仕事相手の家の前だから。切るよ」

そう告げると、後藤は少し間をあけて答えた。

『ステーキ、とっとくからな』

私は黙って画面をタップする。指が冷たい。

ありふれたデザインの一戸建て。冷たい指でインターフォンを押すと、すぐに応答があった。

「すいません、こんなところまで来ていただいて……」

紅茶のカップをテーブルに注意深く置きながら、その人は私を窺《うかが》うように見る。服は、茶系と白でトーンがまとめられている。センスがいいのか、天然で地味なのか、判断がつけにくい。

「いえ。こちらこそ、突然押しかけて申し訳ありません」

私は頭を下げながら、相手を観察する。観察しながら、出方を考えなければいけない。

だってこれから話すことは、どうやったって相手を怒らせる。だからその被害を最小限にとどめるため、プロファイリングが必要なのだ。

(かおり、お願い。降臨して!)

これは高度な情報戦。しかも相手が女性となれば、そのハードルはぐっと上がる。

「あの、今回ご連絡いただいた内容って……」

年齢は、三十代前半? それとも老《ふ》けて見えるだけで、二十代後半かもしれない。

化粧は、かろうじてしている。ブスじゃないけど、美人でもない。なんていうか、印象の薄い顔。後ろで一つに束ねた髪の毛も、狙《ねら》ってるのかそうじゃないのかわかりにくい。

(ゆいだったらこれ、一〇〇パーお洒落に見えるんだけどなあ)

女子のファッションにおいて、究極の最先端ともっさりの境界は曖昧《あいまい》だ。で、この人は果たしてどちらなのか。

「はい。実はウェブで、偶然弊社の者があなたのデザインを拝見しまして」

　本当は先にパクったんだけど、さも「前から目をつけてました」的に時系列をずらす。証拠を問われても確証を上げにくい、微妙な嘘。でもこれを言っておくことで、印象はぐっと変わる。

「それでぜひ、デザインを使わせていただきたいと思いまして」

　そう思うあまり、許可を得る前に先にデザインを描いてしまいました。そしてそれをが無許可だと気づかず、工場に流してしまった者がいました。結果、あなたのデザインした図柄の商品がすでに出来ており、できればそれを流通させるお許しをいただきたいのですが。

　という流れに、最終的には持って行きたい。

「……えっ？」

　相手は、さも驚いたように両手を口に当てた。でもさ、ここに私が来た時点で、それは予測してたでしょ。だから二つ返事で、待ってたわけで。

「嬉《うれ》しい。信じられない。私なんかのデザインが――」

　基本的に、私は優しい人間じゃない。だから普段は絶対「私なんか」に乗ってやることはない。けど、こういう場面だし、まあしようがない。

「何をおっしゃるんですか。素晴らしいデザインを産み出す、素晴らしいデザイナーさんじゃないですか」

「そんな、私なんて——」

欲しがるねえ。さらば与えん。

「謙遜《けんそん》なさらないで下さい。あなたの才能は、世界に通用しますよ」

今のところは、工場を中心とした中国だけなんだけど。

「それで、ここからは契約のお話をさせていただけたらと思うのですが」

この契約書にハンコを押してもらえれば、任務は完了する。逆に言えば、いくら怒られたとしても、ハンコさえもらえれば後は野となれ山となれ。

「あ、はい——」

書類を、恐る恐る覗《のぞ》き込む。さて、ここがターニングポイント。「ゆっくり読んで考えます」「後日お返事します」が出たら、たぶん交渉は決裂。冷静な知人や、法律家に助言を仰いだら、これが卑怯《ひきょう》な書類だってことはすぐにわかるから。

「よくお読みいただいて、納得されたら、契約させていただきたいと思います」

彼女は、書類を指先でつまんでそっとめくる。そしてすぐに、次のページへ。

（ちゃんと読んでるー？）

心の声が伝わったのか、私をちらりと見る。

「ホントに、私なんかで……？」

だからさ。承認欲求より、契約内容が先でしょうが。もし私が彼女の友達なら、そう言ったと思う。

でも今は、なんとなく騙《だま》す側なわけで。

「もちろんです。そう思ったからこそ、ここまで足を運んだわけですし」

「でも、私なんかのデザイン、売れないんじゃ」

ああもう、なんかなんか言い過ぎ。ていうかこれ、「ほめて」じゃなくて「卑下」なんじゃない？

「大丈夫ですよ。契約はデザインの使用許可のみなので、商品が売れるか売れないかは、当社の責任であって、あなたに責任はありません」

「そう、なんですか？」

うかがうような視線。にしても、この怯《おび》えた感じは一体何なんだろう。過去に作品をけなされたことでもあるんだろうか？

「はい。それに私は正直、この布のデザインは売れると思ってます」

これは、本当。じゃなきゃメインのラインナップに載らないし。

交渉がうまくいかなくて持ち帰りになったら、そこからはもう法務のヒトの仕事。手を離れるという意味では、そっちの方が楽。でも、私のお給料的な部分では、ちょい困る。

だから、背中を押してみた。

「今なら……」

「え？」

私のつぶやきに、相手が顔を上げる。

「いえ、なんでもないです。ただ――」

「ただ？」

「今日だと、間に合うんですよね」

「間に合うって、何が……？」

期待と緊張が入り交じった表情。うん、まあ、いけそう。

「実は、工場のラインがちょうど明日動くところで。だから今日、この書類を持ち帰ることが出来たら、あなたのデザインが来週には世界に向けて発信されるんです」

「そんな、本当に……!?」

ちなみにこの場合の『世界に向けて発信』っていうのは、ネット通販のことね。ファストファッションだから、ショーとかするわけないし。

「ごめんなさい。ちょっともったいないと思ってしまって。ファッションの世界って、ある意味スピードが命なところがあるので」

私はいかにも残念、という風な笑顔を浮かべてみせる。そして、ふっと息を吐く。

「でも、こういうことは、じっくり考えられた方がいいですよね」

にっこりと微笑《ほほえ》みながら、私はバッグの口を開き、コートを引き寄せる。「もうすぐおいとまします」的サインは、かおり直伝の技だ。

「あ、の。ちょっと待って下さい」

ハンコ、とってきますから。そう言って彼女は二階へ上っていった。

（――ちょろいなあ）

なんていうか、嚙《か》みごたえがなくて、肩すかし感？　せめてもう少し、不信感とか見せてくれたらよかったのに。そしたらいいことも悪いことも、突っ込んで話したのに。

手持ちぶさたになった私は、家の中を観察する。

もはや闘う必要がないから、知らなくてもいい情報。まず、小さな子供がいる感じはしない。かといって、二人暮らしの夫婦、という雰囲気もない。私はダサ無難なデザインのスリッパと、カップの柄を見つめて思う。——これ、実家にもあったな。きっとあのモールで安売りしてたやつだ。でも、彼女のセンスでこれを買うわけがない。と、いうことは。

唐突に、ぱたぱたと足音が聞こえてきた。それもキッチンの方から。

「どうも、こんにちは」

ひょいと顔を出したのは、中年、というか前期高齢者に足を突っ込んでるくらいの女性。

「お邪魔しております」

立ち上がってお辞儀をすると、彼女の顔に「おっ」が浮かんだ。この場合の「おっ」は、男性のそれとは意味合いが違う。「おっ、なかなか礼儀をわきまえてるわね」的な、社会性の評価だ。

「お母様でいらっしゃいますか」

にこやかにたずねながら、私は心の中で首を傾《かし》げる。ところでこの人、どこから出てきたんだろう？

キッチンの奥で、裏口が開くような音はしなかった。そしてこの家の作り上、キッチンがそこまで広いとも思えない。

（——まさか、最初からずっとそこにいた？）

もしそうだとすると、軽くホラーだ。

「ねえ、あなた。あの子と契約したいって、本当？」

うわ、ホラー確定。この人、ずっと近くで話を聞いてたんだ。

「もちろん、本当です。でなければわざわざ、お時間を取らせたりしません」

これっぽっちもびっくりしていない表情で、彼女は私の正面に腰を下ろす。ニットのロングチュニックに、タイツとレギンスの重ね穿《ば》き。ちなみに色味は、上がローズピンクで下が黒。おそらく、チュニック以外は全部ユニクロ。

「あらあ、びっくり」

（趣味が真逆だな）

アースカラーでまとめた娘とは、大違い。そしてこちらは、悩むことなくダサい。どこからどう見ても、ダサい。まあ、だからって何がどうこうってわけでもないけど。

「あの子ね、就職した後身体《からだ》壊して辞めて、そのまま結婚もしないでだらだらしてるの」

「はあ」

ええっと、話、それ？　わざわざ娘がいなくなってから出てきたんだから、「どういう会社の方？　名刺見せていただける？」とか、「娘を騙したりしないでしょうね」とか、そっち系だと思ったんだけど。

「彼氏もいないし、暇でしょうがないんでしょうね。部屋で一人、絵ばっかり描いて。たまに出かけることはあっても、布や画材を買いに行ったりするくらいで」

だから、何なんだ。ある程度予想していた情報ではあったけど、それを母親から聞かされるのって、なんか微妙。

「戻ってくるの、遅いわね。まったく昔っから手際《てぎわ》が悪いのよ。私は、ハンコくらい用意しておきなさいって言ったんですけどね」

——探すふりして、契約について考える時間を稼いでるんじゃないのかなあ。そういう人、結構いますよ。なんて思ったものの、口には出さない。だってこの人、たぶん面倒くさいタイプだから。

「どんくさいのよ、本当。だから絵だって、描くの時間かかるの。人物だと時間かかりすぎるから、草木や動物ばっかり描いて」

……絵って、そんなちゃちゃっと描けるもんじゃないよね。本気だったら、なおのこと。しかもそれが布にプリントするタイプだったら、作業は倍になるわけだし。ていうかさ、布に人物の絵って、そっちのがデザイン的にアレじゃない？　だから描かないんじゃない？

「まあ、花とか果物だから、ご近所さんにも見せられるのは、よかったわよね」

「はあ」

ああ、すんごい、疲れてきた。HP削られるわ。マジで。

「でもよかったわあ、ホント。これで誰に聞かれても、『娘の仕事はデザイナーです』って言えるわけだし」

いや。これ、このデザインだけの契約だし。それに娘さんはテキスタイルデザイナーであって、服のデザイナーではないんだけど。

「ホント、今まで恥ずかしかったのよ。親戚《しんせき》やご近所から娘さん何してるの？　って聞かれて」

うわあ。疲れを通り越して、ムカつく。ていうか身に覚えがあるわ、この流れ。いたよ、こういう奴が。うちにも。

＊

こういう性なんだってわかる前、私はぼんやり混乱してた。だってほら、周りにそういう人なんていなかったし、わかりやすいジャンルでもなかったから。具体的に言うと、中学生から高校の始めくらいの頃ね。いわゆる思春期、性に目覚めるお年頃ってやつ。

なんとなく、女の子が好きだってのはわかってた。だから自分は普通だと思ってたんだけど、あるときから何かがおかしく思えてきた。

可愛《かわい》い格好が、したくなったのだ。

え？　と思った。胸に手を当てて考えてみても、男が好きになった感じはしない。じゃあコスプレ？　と思ったけど、それもなんか違う。私は、他の誰かになりたいわけじゃない。

女の子みたいな格好が、したい。

でも、それでもつきあいたいのは、女の子。

なんかこう、矛盾してるよね？　今となっては、「そういうもんだ」としか思えないけど、そのときの私にとっては、これが本当に謎《なぞ》だった。

ホモとかレズとかオカマっていう単語と、意味は知ってた。でも自分は、そのどれでもない。だから悩むとか孤独とかいう前に、とにかく混乱した。ネットを自由に使えるようになるまでは、もう本当に自分が自分でよくわからなかった。

結果、私はほんのり挙動不審で、突っ込みどころが多くなった。

たとえば女子っぽい格好をしたいはずなのに、「それはおかしい」って知識と理性がブレーキをかける。で、しょうがなく、チェックのシャツをスカートっぽく腰に巻いたファッションに着地する。あるいは、頭にリボンをつけたかったのに、妥協して前髪を上げるだけのメンズカチューシャを買ってしまう。

ファッション的には、ただのロック系。だから友人からは、何も言われなかった。むしろ「おしゃれだな」と思われて、専門へ進むときもすごく納得されたくらいで。

でも、家族にはやっぱり「なんかヘン」って気づかれた。着がえを見られるのを嫌がるとか、お風呂場《ふろば》でカギをかけるとか。

鞄《かばん》や小物がファンシーになってきた時点で、母親はある程度気づいていたように思う。でも、気をつかっていたのか、正面から問いただしてくることはなかった。父親は、まるっと気づかず。そっち方面には鈍いタイプだし、想像もつかなかったんだろう。

そんな中、ただ一人、あえて突っ込んできた奴がいる。

「なあ、お前ってオカマなの？」

一歳違いの、兄だった。

「なんかさあ、髪型だけじゃなくて、上着のスソとか、いっつも鏡の前で気にしてんじゃん。女みてえ」

外では控えていた行為も、家の中ではバレバレ。ただ、それがスカートでなかっただけ、マシっていうか。

「全体的にさあ、なんかお前、キモいよ。チャラ男じゃないのにちゃらけた服だし、なんかくねくねしてっし」

兄は、小学校のときから運動部。明るく正しくまっすぐ――ではない。勉強が残念な結果をたたき出し、でもバカすぎないから、人生詰んだ感を早々と察知してしまった、かわいそうなひと。

彼は、ミニーさんに少しだけ似ている。

そして彼らのような人は、怒りをぶつける相手をいつも探している。バカすぎないから、攻撃する対象として「合ってる」ものを判別して群がる。それは、ネットで誰かを「叩《たた》く」人にも共通する特徴だ。

「弟がこんなんとか、マジねえわ。もうちょっとフツーにできねえ？」

まあそりゃあね、受け入れづらいし、理解もできないのはわかるよ。学校、同じとこだし。でもさ、私、学校での立ち位置は、別に悪くなかった。兄のところに、「お前の弟さ〜」みたいな声が届くほど有名でもなかったし。

でも、その頃の私は混乱してた。だから「もしかして」、と思った。思ってしまった。

もしかして、私が悪いのかな？

だから、謝ってしまった。

「――ごめん」

そしたら、兄が調子に乗った。

「うわ、信じられねえ。お前、俺のこともエロい目で見たりすんのかよ!?」

「しないよ！　オカマ、とかじゃないから……」

うーん、思い出すだけでムカつく。なんていうか、「そうじゃねえだろ」感が、ハンパないわ。大体、同性愛者であることと、肉親に欲情することとって問題が違うでしょ。

でも、当時はそんなことも言えないわけで。

「つかさあ、頼むから、フツーにしててくれよ。とにかくキモいんだよ。お前のせいで、俺までヘンに思われるのなんて、あり得ないだろ」

「――ごめん」

それから兄は、ことあるごとに私をけなすようになった。ただ、それがあからさまな悪口じゃなかったから、親にバレるまで時間がかかった。

基本ワードは、「ダメだなあ」「だからお前は」「やっぱり」みたいな感じ。これ、地味にHP削られるんだよね。毎日ちょっとずつ、自分でも気がつかないうちに、心を殺される。

「つかお前、将来どうすんだよ。そんなんじゃ、仕事でもなんでも、どこにも受からないだろ。お前、昔っからふらふらしてるもんな。ニートやひきこもりだけは、勘弁しろよ」

そうですね。恥ずかしいやつですみません。自分すら受け止めきれてないんだから、どこも私なんか、入れてくれませんよね。目立たないように生きます。生まれてきちゃってすみません。しかもパクリで、すみません。

みたいな感じで、私は洗脳されかけてた。


でも高校に入って、自分専用のパソコンを手に入れたとき、「あれっ？」と思った。

自分のような人が、他にもいたからだ。

セクシャルマイノリティという言葉や、トランスジェンダーという言葉を知った。

そしておそるおそるSNSを始めて、うっすら思った。

(私、悪くないんじゃない？)

そして、転機が来た。私の進路について話し合うため、両親が揃《そろ》ったリビングで、兄がやらかしたのだ。

「進学って、お前が？」

自分が大学に行かなかった、という嫉妬《しっと》もあったんだろう。その日の兄は、すごくしつこかった。

「お前の頭で、さらに学校行ってどうすんだよ？　大学とか、受かるわけねえだろ」

専門学校だから、と説明すると、兄はいきなり笑った。

「服飾？　なるほどなあ。おかまのお前には、お似合いだ」

え？　という顔の両親。それを見た兄は、鬼の首を取ったような表情になる。

「でも、お前みたいな奴の作る服なんて、着たいと思う奴がいるかって」

唇を噛んでうつむく私に向かって、兄はさらに続けた。

「ま、おかまの多い業界でも、一応は表の仕事だもんな。二丁目に就職されるよりは、よっぽどいいか」

さすがにもう、限界だった。私は小さな声で「ちょっと待ってよ」とつぶやく。そして両親に向かって、初めて自分がどういう状態にあるのかを説明した。そして可愛いものを追求するため、服飾学科を選んだのだと。

父親は、ただ混乱してた。母親は、なんとなくわかってた、と言った。そして兄は、そんな両親と向き合う私を、にやにやと見ていた。

「いやあ、ようやくスッキリしたわ。俺、一人でこの問題抱えてて、マジ苦労したんだよな。どんだけつらかったか、父さんも母さんも、わかるっしょ？」

この時点で、私はもう、どうなってもいいやと思っていた。この頃にはネット上に友達と呼べる人もいたし、そういう人たちが、カミングアウトのときの騒動や、もし何かあったら逃げ込める場所を教えてくれていたから。

だから、覚悟ができていた。親に猛反対され、病院に連れて行かれ、涙ながらに「お前は男の子だよ」とすがりつかれるところまで、私はシミュレーション済みだったのだ。

そして、言った。

「そういうわけだから、ごめんね。でも受かったら東京行くし、見えないとこで勝手に生きていくから、気にしないで」

両親は、しばらく黙ってた。私はもっと阿鼻叫喚《あびきょうかん》の、すごい場面になるかと思っていたんだけど。

終わりを告げるときって、案外静かなんだな。そんなことを思っていたら、父親がぽつりと言った。

「本当に苦労したのは、幹生だろう」

信じられなかった。父親がこんな事態を理解できるとは、思ってなかったから。

すると、母親もうなずく。

「うすうす気づいていたけど、どう声をかけたらいいかわからなかったわ。それを指摘されるのが、嫌かもしれないと思って」

ごめんなさいね。そう言われて、私は固まった。まさかこんな展開になるとは、思ってもみなかったのだ。そしてそれは兄も同じで、私たちは兄弟して、ぽかんとした顔で立ち尽くしていた。

「——いやいや、なんだよそれ」

先に我に返ったのは、兄だった。

「おかしいだろ。こいつ、異常だぜ。そんなのが同じ校内をうろついてた身になってくれよ」

「私には、幹生が異常には見えないけど」

母親が、静かな声で答える。これは母親が本当に怒ったときの話し方で、それを知っている私たち兄弟は、条件反射でぴしりと背筋が伸びてしまう。

「確かに、あなたも悩んだんでしょうね。でも、だからって弟をいじめていいわけがないでしょう?」

「い、いじめてなんかねえだろ。俺は正論を言ってるだけだ」

「正論には聞こえないし、もし本当にそれが正論だったとしても、私はそれを受け入れるつもりはないわ」

淡々と喋《しゃべ》る母親。一見穏やかなんだけど、怒ると怖い人なんだよね。

「幹生もね。いじめられても言わないで黙ってるから、事態がややこしくて大きくなるのよ。そこは、反省しなさい」

「あー……はい」

わざと黙ってたわけじゃないし、カミングアウトした後の波紋とかなんとか、色々言いたいことはあったけど、とりあえず呑《の》み込む。だってもうなんか、両親、すごかったから。

普通さ、こういう状況になったら、母親ってキーキーわめきそうじゃない。それで父親は逃げるか、ただ怒るか、じゃなきゃ説得にまわるか、そんな感じで。つまり、兄のしめした反応の方が、マジョリティっていうか。

なのに父親は、言ったわけ。

「――子供の幸福を望まない親などいない」

「はあ？　なんだよそれ」

あがく兄に向かって、父親はぼそぼそとした声で告げる。そういや、昔から滑舌の悪い人だったっけ。

「俺は、俺の子供が不幸になって欲しいとは思わない、と言ったんだ」

これぞ、正論。でも正論を口にすることって、すごく勇気っていうか、覚悟がいる。だって正論って刃《やいば》は、返す刀で「じゃあお前はどうなんだ？」って斬《き》りつけてくるから。

なのに、父親はその刃をふるった。だから兄も、黙った。そして父親は、さらにその身に刃を受ける。

「それはもちろん、お前も含めてのことだ」

すごいよね。これはちょっと、勝てないよね。

しんとしたリビングに、ぱん、と手を叩く音が響いた。母親だった。

「はい。じゃあこれから、作戦会議をしましょう」

「は？」

またもや、兄弟揃ってのぽかん顔。そこに母親が、静かな声で告げる。

「私たち家族が幸せになるための作戦会議よ。欠席は、認めません」

トランスジェンダー的に、私はものすごく恵まれてた。そのときは、そう思った。

でも、よく考えてみると、私は両親に恵まれてた。それに尽きる。

とはいえ、両親だって完璧《かんぺき》なわけじゃない。感動必至！　みたいな小説に出てくるような、すべて受け入れてくれるような人なんて、そうそういない。

父親は、ああいうすごい場面でしか口を開かない、空気系のヒト。だから作戦会議が終わった瞬間、いつものようにパチンコに出かけてしまった。そして母親は、立ち上がってひと言。

「あー、めんどくさいのが終わってよかった！」

母親は、我慢はできるものの、色々オブラートに包めないタイプ。兄弟的には、思いっきり遺伝を感じるわけで。

そして問題の兄は、その後もぶつくさ言うことはあっても、あの頃みたいにひどいことは言わなくなった。それは、作戦会議で否決されたから。

私も兄のことは好きじゃない（ていうか、今となっては嫌いに近い）けど、兄が嫌だと感じることをするのはよくないと思った。だから、家に帰るときには女装をしない。ていうか、だから帰ってないんだけどね。ホントのところ。

（でもまあ、今回は急ぎの仕事だったから）

それにもし、この格好で誰かとすれ違っても、たぶんミニーさん以外はわからないだろうから。

＊

でもさ、ホント作戦会議の前まではつらかった。つらいってことがわからなくなるくらい、毎日心を削られてた。家族に「どうせお前なんか」という態度を取られるのって、外でそういう目に遭うよりもずっとこたえるんだよ。

「女の子だから、まだよかったのよ」

これ、男の子だったらニートとか言われちゃうのよね？　目の前で喋り続けるおばさんを見て、私はため息をつく。

「……ニートは、女性でも男性でも使う言葉ですよ」

「あらやだ。本当に恥ずかしいわあ。あの子、家事も満足に出来ないから、まさにニートだったのね。どこまでも私に恥をかかせること」

ああ、もううんざり。どんだけモラルハラスメントをすれば、気が済むんだか。

そんな中、ようやく彼女がリビングに戻ってきた。

「お母さん……」

「もう、あんたが遅いから、私がお相手してたのよ。お待たせするのにも、限度ってもんがあるでしょ」

「――ごめんなさい」

「いえ、お気になさらないで下さい。決断に時間をかける方も多いので、待つのには慣れてます」

私の言葉に、彼女がはっと顔を上げる。ビンゴか。

「お待たせしてしまって、ごめんなさい。ちゃんと読んで、納得しました。ハンコ――ここでいいんですよね？」

母親が横から覗き込む中、彼女は契約書にハンコを押し、自署で名前をしたためた。

「あんた、本当に昔から字も下手ね。ペンの持ち方もどこかおかしいし。やっぱりお習字、通わせれば良かった」

どんな小さなことにも、食いついてくる。もうなんか、お腹《なか》いっぱいなんですけど。

「大丈夫ですよ。サインの字は個性的な方が、真似《まね》されなくていいらしいです」

せめてフォローくらい、と思って言うと、母親がちろりとこっちを見る。

やばい。ロックオンされちゃったかな。ま、もう帰るからいいんだけど。そう思いながらも笑顔を浮かべていると、母親がしみじみとした口調で言った。

「あなた、若いのに敬語がちゃんと使えて偉いわねえ」

「は？　——あ、ありがとうございます」

「それに比べて、うちの子ったらホント。はっきり喋らないし、ダメよねえ」

うわあ、どんなネタにも乗っかってくる。すごい反射神経だな。そこらへんは、兄より上な気がする。

私は書類をしまうと、今度こそコートを片手に立ち上がった。正直、早く帰りたい。この家の空気が、いたたまれないのだ。

「ご契約いただけて、嬉しいです。ではさっそく社に持ち帰って、工場に伝えますね」

また、ご連絡します。そう言って玄関で頭を下げると、彼女がコート掛けから上着を取った。

「駅まで、お送りします」

「いえ、そんな結構ですよ」

言いながら、玄関に立っている母親を見ると、満足げにうなずいている。ああそうか。車と、それを運転する娘は「合ってる」んだ。

「バスはあまり本数がない時間なので。待っていたら寒いですし」

「そうですか」

では、お言葉に甘えて。私は母親にぺこりと頭を下げると、玄関のドアを開いた。

＊

車は小さめの軽自動車で、助手席に座ると彼女との距離がぐっと近くなる。

「今日は本当に、ありがとうございました」

すぐに暖まりますから。エンジンをかけながら、彼女が言った。

「こちらこそ助かりました。あのフルーツの柄、私もすごく好きです――服が出来上がったら、ぜひ着させてくださいね」

「――ありがとうございます。あなたみたいな人に着てもらえたら、すごく嬉しい」

彼女が、控えめな笑顔を浮かべる。それは家の中で見るのとは違って、ごく自然な微笑み。

（ふうん。そうしてると、可愛いじゃん）

車内の雰囲気も、彼女に似合っている。シートのカバーとか小物が洒落《しゃれ》ていて、家の中のインテリアとは明らかに違う。きっとここが、彼女の居場所なんだろう。ほのかに香るフレグランスも含め、この空間はとても彼女らしい。

「いいですね」

「え？」

「お家《うち》より、こっちの方が居心地がいいです。テキスタイルと同じ、センスを感じます」

そう告げると、彼女は嬉しそうに微笑んだ。

「家は、母の趣味で統一されてますから」

「そうですね」

「ところで、さきほどは母がすみません」

その言い方が、ひっかかった。私は正面を向いたままの、彼女の横顔を盗み見る。

「いつもああなんです。私のお客さまでも、かまわず話に入ってきて」

「そうなんですか」

「驚いたでしょう？　友達が来ても、ああなんですよ」

流れるような喋り口。きっとこの説明を、何百回も繰り返しているんだろう。

「……フレンドリーなお母様ですね」

「ね。そういう風にしか、言えないですよね」

苦笑しながら、角を曲がる。なるほど、わかってるんだ。

（——ああ）

そこで納得した。彼女の「ほめて」は、承認欲求なんかじゃない。いつもどこかに隠れて会話を聞いている母親に対して、聞かせるためのものだったんだ。

私は、あなたが思うほど何もできない子じゃない。ほら、大きな会社の人が、私のことをこんなにほめているでしょう？

でもそのやり方は、どうなんだろう。私は心の中で、首を傾げる。

「——ぜんぶ支配して、いつも下に見ていたいんでしょうね」

そこまでわかっていてなぜ。他の道が思いつかないほど、おバカさんにも見えないけど。

「あの。失礼ですが、デザインと家事の他に、働いていらっしゃったりしますか？」

「え？　あ、はい。週に三回、スーパーでパートを」

ＳＮＳには不向きな情報。彼女も彼女で、プライドが高い。それはやはり、デザイナーだからなのか。

ともあれ収入は、少ないだろうけどある。車もある。なら。

「——距離を、とってみたらいかがですか」

「はい？」

「物理的な距離って、それなりに意味がありますよ。ほんの一駅でも、離れて暮らせば、色々変わることもあります」

どんなに仲のよい家族でも、物理的な距離があればどこかが冷める。実家に自分の部屋がなくなった友達が、そんなことを言っていた。あんな風に言われている彼女なら、離れるメリットは大きいと思うのだけど。

「でも私、そんなに収入は……」

「今回の契約金があれば、最低限のワンルームくらいは借りられますよ」

「そう、ですよね……」

彼女は交差点で、信号の辺りに視線をさまよわせる。

たぶんこの人は、一人暮らしなんかしないだろう。あえての貧乏暮らしよりは、陰で文句を言いながらゆとりのある実家暮らしを選ぶタイプだ。でも、選択肢のひとつとして、覚えておいてほしかった。心を殺されそうになったときは、いつでも逃げられるように。

「――私の友達がね、田舎に彼を残して東京に出てきたんです」

「はあ」

突然話題を変えた私に、彼女は不思議そうな声で答える。

「ずっと会ってない。電話もしてない。そしたら『好き』っていう気持ちが薄まって
――どうなったと思います？」

「別れた、とか？」

「いえ。彼が、きれいな存在に思えてきたって言うんですよ。まるで現実には存在しない、少女漫画の中の彼みたいだって」

「なんですか、それ」

「面白いでしょう？　彼女いわく、今の彼にはヒゲのそり跡も体臭もない。で、それが案外、気に入ってるんだそうです」

ゆいは、例の彼のことを「生きてるのに、思い出みたい」とつぶやいた。

「――いい感情も悪い感情も、近くにいてこそなのかな、って思いました。色んなことが、距離をおけば薄まるし、冷めるんです」

「ああ――そういうことですか」

近くにいたら、問題から目をそらすことはできない。でも離れていれば、「据え置き」のまま、関係をつないでおくことができる。そして私の家族は今、私を「据え置く」ことで穏やかに生活している。

ご近所的に私はカミングアウトされてないし、盆暮れ正月にあえて「帰って来い」

とも言われない。でも、だからといって拒まれているわけでもない。

私たち家族は、ただ、ぼんやりと関係を薄めたまま、平行線のように暮らすことを選んだ。そういうことだ。


無理をしてまで、交わる必要はない。ストレスのない距離感こそがポイントなのだと、今の私は知っている。

でも、近づいて、無理をしてでも交わって、理解しようとすることをよしとする人がいるのも知っている。

「理解できない」

「わかり合えない」

と嘆くより、笑いあえるところだけ、一緒に笑いましょうよマイシスター。

とか言っても、私の場合は一緒に怒ったり、闘ってることの方が多いんだけどね。

*

バス停に止まらない分、駅には早く着いた。

歩道に車を寄せて、彼女がサイドブレーキを引く。

「どうもありがとうございました。ご契約いただいた上に、送ってもらってしまって」

私はコートを持ったまま外に出て、ぺこりと頭を下げる。すると彼女が、運転席から身を乗り出した。

「あの、最後に一つだけいいですか？」

「はい？」

お仕事的に、気になる部分があったのだろうか。そう思いつつ、私は車内を覗《のぞ》き込む。すると彼女は、初めて私をまじまじと見た。

「男の方――なんですよね？」

「え？　ああ、はい」

あ、そっち？　ていうかここで？　拍子抜けした気分で、私はうなずく。

「すごい。母は、絶対にわかってませんでしたよ」

でしょうね。そういうの、ものすごく騒ぎそうな方でしたし。

「でも私は、わりとすぐにわかりましたけど」

少し得意げな表情を見て、私はどんよりとした気分になる。駄目だ。もしかしてこれは、彼女も母親と同じ生き物の香りがする。

「すごいですねえ。さすが東京、って感じ」

「……はあ」

「こういうのも、許されるんですね」

こういうの、ってなんなんだ。許されるって、誰に何を？

そう言いたい気持ちをぐっとこらえて、もう一度頭を下げた。そんな私に向かって、彼女は微笑《ほほえ》む。

「頑張って下さいね。母世代の人間には、絶対に理解できないと思いますけど」

ホームに立って、寒風を正面から受ける。超絶寒いけど、そんなのもう気にならない。

（――いい感じに、点火してくれたもんだ）

突っ込みどころが死ぬほどある。そんな台詞《せりふ》を最後にいただいてしまって、私は今、猛烈に怒っていた。おかげでぺらぺらのトレンチでも、もはや寒さは感じない――わけはない。くっそ寒い。

お互いが、いないところでそれぞれの悪口を言う。それは彼らの勝手だけど、ドッジボールのボールにされたような気分で、苛々《いらいら》する。

(しかも何？「東京」っていう言葉で、距離を遠くに設定したよね)

さすが東京。自分たちのいる、この場所とは違う。男のくせに女の格好をしたヒトでも、どなた様かに許してもらって働ける、オズの都。

(あとさあ、理解できるかできないかは、年齢じゃないよ。ただの知識の差だって)

その上、「頑張れ」？　これが一番、意味がわからない。何をどう、頑張れってことなのか。まさか仕事の意味じゃないよね。

(そういう発言こそが、上から目線っぽいんだよ！)

なんていうか、必要のない相手に対して、全体的に無駄な自分語りをしてしまった気がする。それが一番腹立たしくて、くやしい。

(あーもう！　私のバカー!!)

上から目線もむかつくけど、自分に酔った上での忠告も最低だ。そしてそれをしてしまったのは、彼女をバカにして、見抜けなかったから。

仕事の上では成功だけど、メンタル的には大失敗。それはやっぱり、場所のせいなんだろうか。いつもより湿っぽくなりがちな自分が、本当に嫌だった。

寒さ対策に足踏みを繰り返していると、不意にラインの通知が光った。仲村さんだ。

『みき、無事〜？』

バカにしたような顔のイラストが、スタンプされている。その発言にこのチョイスかよ、とつい笑ってしまう。

『無事っす。ハンコ貰《もら》いました。今帰るとこです』

そう送ると、すぐに『お疲れ〜』と返信があった。

『帰り、飲む？　それとも激甘スイーツ行っとく？』

仲村さんなりの、気づかいを感じる。彼女だって、今日はばたばたで忙しかっただろうに。

でも今日は、とにかくお風呂に入りたい。

『サンキューです。でも直帰します』

電車が来た。私は画面をタップしながら、暖かい車内に乗り込む。時間はもう五時半で、時差を考えると中国の工場はもう閉まっている。だからあえて会社に寄る必要もない。彼女に言った「今日中」は、もう過ぎてしまったのだ。

『あら、冷た〜い』

今度は、身をよじるようにしたおっさんのキャラがスタンプされている。仲村さんは、こういうところが絶妙で好きだ。

『明日、ランチに激甘スイーツつけますん！』

それで報告がてら、盛大に愚痴らせてもらおう。すると仲村さんが、ゴジラが火を吹くイラストを送ってきた。

『んじゃ夜は激辛？』

そこでふと、思い出した。

『いえ。夕食はディナーです』

そうアップすると、速攻で腹を抱えたパンダが現れる。

『夕食はディナーって、頭痛が痛いみたいじゃん』

ホントだ。私は思わず、噴き出してしまった。後藤の奴《やつ》め。

スープどころか、焼いた薄い肉が冷めない距離にいる奴。

笑いながら、私はオヤジギャグを打ち込んだ。

『夕食はディナーで』

『素敵なステーキなの♡』

LIFE AS A GIRL

春の終わりから、初夏になる前あたりが一番好き。

着るもののバリエーションが豊富だし、靴だって選び放題。夏と違ってメイクもさほど崩れない上、秋冬みたいに静電気も起きないから、ヘアスタイルも色々出来る。と、いうわけで。

私は鏡の前で、考え込む。

(今日の気温は、平年並み。ってことは、長袖《ながそで》プラス羽織りもの)

いつもだったら、白っぽいブラウスとスカートと、ショート丈のジャケット。そこに色味を加えたり、丈を変えたりはするものの、まあお仕事的に楽なパターンのコーデを選びがち。

でも、今日はお仕事の後に「援護射撃」がある。

そこで私は、フリル多めのブラウスを手に取る。その上から、ジャンクパールのネックレス。スカートは、パープルブルーのフレア。丈は、流行《はや》りのミモレ。膝《ひざ》まであるのが、上品な感じ。

（でも、上品なだけじゃつまんない）

少し悩んで、ブラウスをカットソーに変えてみる。肩出しで、鎖骨の見える感じがセクシーなデザイン。ジャケットを着ているぶんにはわからないから、使い勝手がいい服だ。

肩を出して、ウエストを絞って、裾《すそ》が広がるスカート。これで体型のカバーは完璧《かんぺき》。足もとはヒールがデフォルトの組み合わせだけど、これはどうするべきか。

少し考えてから、かおりにラインでメッセージを送った。

『今日の夜って、屋外？』

すると、速攻で返信が入る。

『屋内。マンション。つか今、ヤバいんだけど』

何があったんだろう。たずねると、また速攻で字が飛び込んでくる。

『手土産。フェイスブックで手作り料理とか言い出してる女がいるんだけど！』

うわあ。土壇場《どたんば》でこれか。手強《てごわ》いな。

『かおりはなに持ってく予定だったの？』

『シャンパン。ロゼでそこそこいいやつ。それにチーズつけて』

うん、それは無難な選択。誰かとかぶっても取っておけるし、チーズはその場で出しやすい。

でも、『手料理』って攻撃力、高いんだよねえ。

『どうしよう？　今からとか作る時間ないし、そもそもあたし作れないし』

あわてふためくヒヨコのスタンプ。かおりは、料理が得意じゃない。だからたまに持ってくるお弁当も、「白米＋冷食おかず＋プチトマト」パターン。まあ、おバカな男子はこれでも釣れるんだけど。

でも女子相手じゃ、そんなの一発でバレる。

私は着替えながら、頭の中を検索する。手料理には、たぶん勝てない。だったら、お洒落《しゃれ》とかこなれてる感を出すしかない。かといって、デリでお惣菜《そうざい》っていうのも方向性が違う。

（高級っぽくて、お洒落で、パーティー慣れしてるように見えるもの――）

あ、と思いついてスマホの画面をタップする。

『ドライフルーツ。枝つきのレーズンとか、お洒落なやつ。チーズと盛り合わせれば、ちょっと気が利《き》いてるように見えない？』

『サンキュ。仕事終わったら、つきあってくれる？』

それはもちろん。だって、行き先が同じだし。

スマホをいじりながらドアを開けると、テーブルについた後藤が片手を上げる。

「おはよ」

「おはよ」

紅茶を入れようとヤカンに手をかけると、まだかなり熱い。そして持ち上げてみると、重みも感じる。そこで私は、そのままガスに点火する。

以前、後藤は自分のぶんしかお湯を沸かさなかった。でも最近は、私が飲む飲まないに拘《かか》わらず、もう一杯分のお湯を残しておくようになった。

後藤は、学習する男なのだ。

「今日、遅くなるから」

すぐに沸いたお湯をカップに注ぎ、私はミューズリーを取り出す。冬の間はなんとなく寒そうで敬遠してたシリアル系も、春と共に解禁だ。

「なに。合コン？　何系？　俺も行きたいな」

「無理。オトコは面子《メンツ》が確定してるやつだから」

バナナを刻んで、低脂肪牛乳をかけて、ぱくり。ざくざく噛《か》むと、顎《あご》から刺激が伝わって、どんどん目が覚めていくような気がする。

「人数あわせなら、俺、会社の女子連れて行くけど」

後藤の手元には、食パンの二つ折り。中はハムとマヨネーズ。馬鹿《ばか》の一つ覚えみたいに、後藤は最近これぱっかり食べている。

「人数とかじゃないんだって。男側には参加資格があんの」

「医者とか？」

「惜しい。年収。まあ、中には医者もいるかもね」

後藤はそれを聞くと、首を傾《かし》げた。

「んじゃお前、何しに行くの」

察しがいい。さすが学習する男。でも、あえて聞いてみる。

「どういう意味？」

「だって年収高いオトコとの合コン行くのって、そういう生活がしたいオンナだろ。で、お前がそういうオンナをどうこうできるとは思えないんだけど」

せいかーい。でも、察しがよすぎるのもムカつくなあ。

「――私は今回、かおりの付き添いだから」

「え、マジ？　かおりちゃん、行くの？」

うわあ、俺も行きたいし！　二つ折りサンドを握りしめて、後藤が身もだえる。

「行きたいなら、年収上げな」

「無理！」

なら、諦《あきら》めてそこで試合終了にしな。私が言うと、後藤はうつむいてパンからはみ出したハムを齧《かじ》る。

「……かおりちゃん、そこでお持ち帰りされたりすんの」

「さあね。そんなん、わかるわけないでしょうが」

たぶんないけど、面白いので適当に流す。すると後藤は何を思ったのか、パンを持った右手を私に向かって突き出した。

「なに」

「小川、頼む！　付き添うなら、かおりちゃんがお持ち帰りされないように見張っててー！」

「ばかなの」

合コンって、何のために行くもんだっけ。私がたずねると、後藤はテーブルに額を擦り付ける。いや、それ、土下座じゃないから。

「そこをなんとか！　これやるから！」

「え」

齧りかけのサンドを見つめて、つかの間私は言葉を失う。

「……これ、もらって嬉《うれ》しいものなの」

「え。だってハムマヨじゃん。うまいだろ」

即答されて、ちょっと頭を抱えたくなった。なにそれ。「ハムマヨうまい」って、「地球は丸い」ってくらい、当たり前で正義なことなの？

「――うまくても、齧りかけはやだ」

「端っこだけだって」

「ていうか、なんでここんとこそればっか食べてるわけ」

そこでようやく、後藤は手を引っ込める。

「こないだ発明したんだけどさ。これ、ランチパックに激似なんだよ」

発明、って。

「薄めの食パンを焼かないで、うっすいハムとたっぷりマヨ。野菜とか絶対入れない。で、ランチパック」

ホントはミミを落とせばいいんだろうけど、それは面倒だしもったいないから。自信満々にレシピを披露する後藤に向かって、私は大きなため息をついた。

「ランチパックとか、食べないし」

「食ってたじゃん。高校の頃」

「あのときと今じゃ、色々違うっての」

私の言葉に、後藤はふと首を傾げる。

「あ、そう？　でもさ、舌ってそうそう変わらなくね？」

「はあ？」

「ライフスタイル？　みたいなのが変わってもさ、昔好きだった食いもんってずっと好きだろ。だからナポリタンとか、流行るんだし」

ふむ。一理ある。特に男は、舌が保守的だもんね。

そこでふと、ひらめくものがあった。

「――じゃあ、後藤的に『絶対うまいもの』って何？　ハンバーグとか？」

「ハムマヨ。ポテサラ。目玉焼きの載ったハンバーグ」

わっかりやす。

「チーズの載ったハンバーグは？」

「まあ、ありだけど。でもチーズよりは卵だな。ああ、ハムエッグもすっげ好き。ポテサラも、ゆで卵入ってたら、格が上がるね」

まあ、要するにマヨネーズと卵――。

「それって、ぜんぶ卵じゃん」

思わずつぶやくと、後藤は呑気《のんき》に笑う。

「へえ、そうなんだ」

「コマーシャルでも、やってるし」

「じゃあなに。ゆで卵にマヨネーズって、あれ？」

そうだよ。焼きそばパン的なあれだよ。グラコロ三段パンチ的なあれだよ。

「――豆腐に醬油《しょうゆ》的な？」

なに。そのいたずらにヘルシーな感じ。

＊

後藤との会話の後、私はかおりに指令のメッセージを送った。

そして指令の通りに買い物をしてきたかおりと二人、昼休みに会社の給湯室で作業をする。

「ねえ、マジでこんなのでいいの？」

「たぶんね。まあ元々のチーズやドライフルーツもあるし、これは当たったらラッキー、みたいなもんだと考えて」

「でも、いつもの冷食と変わらない気がするんだけど」

ぶうぶう言いながら、かおりはそれでも手を動かす。当たるにしろ外れるにしろ、何もしないよりはマシだしね。

「一応、現役男子の意見だから」

パッケージをぴりぴり開けて、お洒落っぽいピックを取り出す。

「ここに、オリーブとか刺したいなあ」

あたし、塩漬けのオリーブ一個あったら、えんえん飲めるよ。つぶやくかおりに、私は突っ込む。

「それ、今日は言わない方がいいよ」

「わかってるよ。量飲むオンナって、嫌われるもん」

「じゃなくて」

オリーブの味って、こいつの対極でしょ。私は手元の素材を指さす。

「あー、ね」

かおりは納得したようにうなずいた。

「これがウケたら、絶対しないわ」

「ウケなくても、『梅干し一個で白飯一杯』みたいだからやめとけば」

「はーい、ボス」

素材にピックを突き刺しながら、かおりはゆるくうなずく。それにつられて、顔の周りでゆるふわの髪が揺れた。ハーフアップはうなじが見え隠れするのが、ポイント高い。

「――今日は、どこまで気合い入ってるわけ」

「んー？　そうだねえ。中の上くらい？」

まあまあ本気。でもかおりは、「上」なんてたぶん絶対言わない。だからこれは、かなり本気な方なんだと思う。

「狙《ねら》ってる人は？」

「いちお、一人」

いたら教えるね。かおりは次のパッケージを開けて、素材を取り出した。

「私が言っちゃいけないことは？」

「んー、あんまないよ。今んとこ嘘《うそ》とかついてないし」

それはやりやすい。私は、「私」がバレてもいいわけだ。でもこれは諸刃《もろは》の剣。「私」がそうだとわかったとき、そういう友人を持つ女として、かおりはモテるんだろうか？

（女子の集まりなら、ウケるだろうけど――）

正直、オトコはそういうの苦手っぽいし。私はそこが、少し気になる。

「かおりについては？ 別に元カレの話とか、あえてすることはないだろうけど」

「うん、まあね、フツーでいいよ。アパレル関係って言ってあるし」

なるほど。嘘はない。じゃあ、だとしたら私が呼ばれる意味は？

「ただ――」

「ただ？」

「やなオンナ、いるんだよね」

それはあれか。手料理のやつか。

「そうなんだ」

「すっごい、ケンカ売られると思うんだ」

ほうほう。ちょっと面白くなってきた。

「理由は？」

「狙ってる相手が同じ。あとは、まあね。お互い嫌いなタイプってことで」

ゆるふわで推してるかおりの敵って、どんなのだろう。キャリアきっちり料理もきっちり、の「デキるオンナ」系かな。

「それで——あ、先に謝っとく」

「なに」

「あたしを攻撃するために、みきのこと、失礼な感じに言われるかもしれない」

そんなの、ある意味お約束でしょ。合コンっていう集まりに行く時点で、その辺の覚悟くらいしてるって。私が言うと、かおりは手を止めて私を見上げる。

「あのさ、不快だったら、ぶちこわしてもいいから」

「なに言ってんの」

「これはマジで。あたしはさ、あたしの心を強くしてもらうために、みきに居てもらいたいだけなの。だから」

うう一わ、可愛《かわい》い。私はつかの間、かおりに見入ってしまう。

こういうとき、かおりは本当にバカだなって思う。

ゆるふわな外見をはねのけて現れる、頑固で強気な「侠気《おとこぎ》」。これを最初っから出してれば、かおりはもっともっとモテるはずなのに。

あ、でも頭がいいから、皮肉とずる賢さも天下一品なんだった。

誰が何を言おうと、定時で退社。それも笑顔で。

＊

「お先でーす」

にっこりと頭を下げる私たちに、仲村さんが面倒くさそうに手を振る。それを横目に、給湯室の冷蔵庫から保存容器を取り出した。

外に出ると、ほわりと湿気のある空気。雨ってほどじゃないけど、いかにも植物が伸びて行きそうな感じ。

(生々しいな)

でも、これが好き。春という名前がついただけの、うすら寒い季節なんて目じゃない。すべての生き物の発情を誘う、この匂《にお》いがたまらない。

「江東区だっけ」

「忘れちゃった。でも水が近かったような」

地下鉄に乗り込んで、数駅。乗り換えて三つ目で下りる。地上に出ると、そこには何もなかった。

「この辺の人って、どうやって暮らしてんだろ」

「車でしょ」

「でもコンビニくらいさ」

喋《しゃべ》りながら、コンクリートの道を辿《たど》る。両脇《りょうわき》に植えられた木は、まだ細くて街路樹と呼ぶにはほど遠い。

「何棟？」

「えーと、『リバーサイド2』だって」

だっさ。笑いながら、私たちは歩く。できたての公園みたいで、おもちゃっぽい遊歩道。咲いてから持ち込まれたのか、花壇の花だけが目立つ。

「ああ、これ」

かおりが立ち止まったところは、タワーマンションの入口。わかってはいたけど、つい見上げてしまう自分がくやしい。

(別にこういうとこ住みたいとか、思わないのに)

感想を言うのも嫌だし、かといって何も言わないのも嫌。微妙な気分でエントランスに入ると、かおりが小さく笑った。

「みき、がんこもの」

うるさいわ。

インターフォンでオートロックを開けてもらうと、そこはホテルのロビーのような空間だった。ソファーが置かれ、生花が飾られている。

「やあ、いらっしゃい」

その奥から、一人の男が姿を現した。

「こんばんは〜」

かおりが愛想よく微笑《ほほえ》むと、そいつもにっこりと笑顔を返す。

「かおりちゃん、だよね。で、こちらがお友達の――」

「みきです。突然お邪魔してすみません」

軽く頭を下げると、そいつは「いやあ」と笑う。

「こちらこそ、来てくれてありがとう。パーティーは、出会いが多い方が楽しいよ」

ふん。イメージしてたより、悪くない。

服はそれなりに洒落ているけど、基本を押さえたトラッド系だし、言葉づかいも丁寧だ。少なくとも、ビジネスマナー程度の敬意を払える相手ではある。

「じゃあ、行こうか」

男の後についてエレベーターホールに行くと、そいつはポケットからカードを取り出す。

「これがないと、そもそもエレベーターを呼べないんだ。だから下まで迎えに来たってわけ」

「セキュリティ、厳重なんですねぇ！」

男は苦笑した。

「まあね。でももし自分が住むんだったら、ちょっと不便かも」

男は苦笑した。なんていうか、本当にフツー。いや、逆に「いい人」感すらある。

（こっちがそういうイメージ、持ちすぎなのかな）

小さなベルの音と共に、エレベーターが最上階近くで止まる。

「はい、こっちです」

下りた瞬間、足もとが柔らかかった。絨毯《じゅうたん》だ。

（ここって、マンションの共用スペースだよね……）

雨の日とか、どうしてるんだろう。そんなことを考えつつ、男の後に続く。

「んで今日の会場は、ここ」

わかりやすく白いドア。それを開けると、マンションとは思えないほど広い玄関。

「あ、靴は脱がないでいいよ」

パーティー仕様にしてあるから。そう言われて、おそるおそる白い床を踏む。

廊下を進み、突き当たりのドアを男が開けた。

「はい、到着」

柔らかな間接照明。お洒落なソファーやテーブル。でも何より目立つのは、その先にある窓。天井から床まで全面一枚のガラスで、窓と言うには大きすぎる。

「わあー、すごい夜景！」

かおりはガラスに近づくと、私の方を振り返った。

「みき、見て！　あれ、スカイツリーだよね？」

私はかおりの指さす方向を見て、ぼんやりとうなずく。夜景は、無条件に綺麗《きれい》だ。たとえそれが「タワーマンション合コン」という、下世話極まりないイベントの一部だったとしても。

＊

男の参加条件は、年収がある一定の額を満たしていること。女は、料理を一品持ち寄ること。そして今回のポイントは、会場がタワーマンションの一室を借り切った、ホームパーティー形式のものであるということ。

（――バブル時代かっての）

心の中で毒づいていると、案内してくれた男が正面を指さす。

「あっちは、羽田かな。たまに飛行機が見えるんだ」

くっついてくるわけでもないし、性的な匂いも感じない。あるいは、主催者だから紳士的なのか。

「そういえば、持ってきたものを出したいんですけど、どこに置けばいいですか？」

「ああ、それはあっちのキッチンで開けてくれる？　あと、コート掛けはさっきの入口の横だから」

「はあい」

カウンターキッチンに目をやると、先客がいた。女だ。

「こんばんは～」

かおりの声に、女が振り返る。へえ、可愛い系。かおりよりは、ちょっと落ちるけど。

「どうも～」

気の入ってない返事。でも手は動いてる。どうやら、市販のスモークサーモンやローストビーフを盛りつけてるらしい。

「それ、なんですか?」

横から覗《のぞ》き込むと、肘《ひじ》でブロックされた。

「ごめんなさい。仕上げの最中だから、後にしてくれる?」

ふうん、嫌なカンジ。でもまあここは戦場だし、これくらいはアリアリ。

「こっちこそ、邪魔しちゃってごめんなさーい」

とりあえず、こっちはこっちでやるか。私とかおりは、木のトレイにチーズとドライフルーツを盛り合わせていく。すると、また違う女がキッチンに入ってきた。

「こんばんは。私も場所をお借りしていいかしら?」

顔を上げると、そこにいたのはナチュラル美人系。ていうか、最高に作り込んでナチュラル風に仕上げたテクニカル美人だ。

「あ、もちろん」

私が横にずれようとすると、かおりが黙って私を押し戻す。

「え?」

てことは、この女がそうなの?

「あ、ごめんなさい。今ちょっと、こっちは一杯みたいで」

まだよくわからないから、とりあえず笑っておく。すると女は、可愛い系の彼女の隣に移動した。

（あれなの？）

かおりにだけ聞こえるくらいの声で囁《ささや》くと、かおりがそっとうなずく。

（ケイコって言うんだ。超ニガテ）

そうなんだ。私はそっと、ケイコを窺《うかが》う。

ケイコは、ブランド物の紙袋から大きめの保存容器を取り出していた。なるほど、手料理爆弾を落としたのは彼女なわけだ。

この部屋の備品である皿に、手際《てぎわ》よく料理を盛りつけ、リビングに一番乗りで出ていく。それと同時に、リビングにいる男から歓声が上がった。ふうん。

二番手は、可愛い系の彼女。そして私たちは、最後に皿を持って出ていった。

「女子のみなさん、おいしそうな料理をありがとう」

主催者の男が、ぺこりと頭を下げる。それと同時に、周囲の男たちが笑顔で会釈《えしゃく》してきた。四人。

（――女子の数が、足りない？）

このままだと、男が一人余ってしまうんじゃないだろうか。そう思っていると、主催者が「ちなみにまだ一人、来てません」と告げる。

「なんか仕事がおしちゃったみたいで、あと三十分くらいかかるらしいです。だから、先にはじめてましょう」

じゃあ、とりあえず乾杯かな。主催者の声がけで、男たちがグラスを配る。そしてリビングに置かれていたワインクーラーからシャンパーニュを出して、女子のグラスに注いでくれた。

「今日の出会いに」

乾杯。くっそ恥ずかしい台詞《せりふ》を言えるのは、そこそこの見た目で、年収が高いから？

「じゃあまずは自己紹介からだね。僕がスタートで、右回りで順番に」

主催者がケンイチと名乗り、有名企業の営業職だと告げた。次が広告業界だという男。その次が、商社マン。ここでかおりが、そっと私の腕をつついた。

オッケー。これがターゲットね。

ターゲットの名前は、リョウタ。見た目はそこそこイケメン。でも主催者のトラッドとは違って、少し楽に崩した感じ。スポーツが得意な人が、やりがちなスタイルだ。

あとは、医療機器メーカー勤務という男と、医者だという男。

「さて、ここからは女子の番です」

主催者にうながされて、かおりはにっこりと笑う。

「かおりです。アパレルメーカーに勤めてます。よろしくお願いしまーす」

あんたの番。目で言われて、私はしぶしぶ頭を下げた。

「みきです。かおりちゃんと同じ会社に勤めてます。よろしく」

次にかわいこちゃんが挨拶《あいさつ》をして、ラストはケイコ。

「ケイコです。あんまり合コンとか行くものじゃないって思ってますけど、今日は特別。おまねきありがとう、ケンイチくん」

ほうほうほう。「私は知り合い」「そういう目的で来てません」的な？

ケイコは、仕立ての良さそうな白いシャツに、紺の細身なフレアスカート。いかにも料理のために脱ぎましたって感じで、袖をまくり上げてマリン系のカーディガンをひっかけてる。

髪は黒髪を大ぶりなバレッタで、ゆるくとめて「料理ですもんね」アピール。首元には、一粒パールのネックレスが上品に揺れていた。

（女子から見れば、これは——）

正直、一昔前のファッションと言っていい。でも、男から見たら、たぶんこれは正解。

なんていうか、全体的に食えない。

かおりも、面倒くさそうな奴《やつ》を敵にしたもんだ。私はこれから始まる宴《うたげ》を前に、軽くため息をついた。

＊

「うわ。これ、すげぇおいしい」

そう声を上げたのは、リョウタ。

「なにこれ。ケイコちゃん、超分厚いんだけど」

テーブルの上を見ると、でかい肉。ローストビーフだ。

（うわ。ダダかぶり）

思わず可愛い系の彼女を見ると、案の定固まってる。

「急いで焼いたから、ちょっとレアかも。味、大丈夫？」

うんうん、「作りましたから」アピール乙。しかもそれ、言わなくてもわかるように半分までしか切ってない。

「いや、こういうのはレアがいいよ」

「そう？　ありがとう。減ったら、また切るから言ってね。固まりだから、好きな厚さにできるし」

その言葉に、男がわっと沸く。そりゃそうだ。分厚いローストビーフに抗《あらが》えるオトコなんて、そうそういない。

私は、もう一度かわいこちゃんを盗み見る。彼女の前にあるのは、デリで買ったぺらんぺらんで冷たいローストビーフ。読みは悪くないんだよ。マジで。

ただ、相手が悪かった。


参加している女子は、もともと友達でもなんでもない。だから料理の情報は、主催者のケンイチごしにやりとりした。それもちょっと、問題だった。

『食べる目的の会じゃないし、前菜っぽいものでいいよ。その方がカンタンでしょ？』

最初に伝えられたのは、それだけ。でも料理がかぶると困るんじゃない？　とかおりが言ったので、ざっくりとした情報が回された。そこで「肉や魚」「野菜とかチーズ」というジャンル分けをし、かおりは料理が苦手なので後者を選んだ。

料理としてモテるのは、当然前者。だからケイコとかわいこちゃんはそちらを選んだ。で、『朝、余裕があったから手作り持っていくことにする♡』とぶっこまれたわけ。

かわいこちゃんも、当然その情報は知ったはずだ。でも、まさかローストビーフだとは思わなかったんだろう。

（まあ、こういう場合、唐揚げとか春巻きだと思うよね……）

オーブン系の料理って、なんとなく主婦イメージっていうか、少なくとも会社帰りにどうこうできるものじゃないと思うし。

――マジで、どうやったんだろう。そこは嫉妬《しっと》とか抜きにして、ナチュラルに疑問。だから、聞いてみることにした。

「ケイコさん、このローストビーフ、すごいですね。どうやって作ったんですか？」

声をかけると、ケイコが振り返る。

「ありがとう。でもこれ、簡単なのよ。お肉に塩こしょうとハーブまぶして、オーブンで焼くだけ。ほとんどオーブン任せなの」

てへぺろ、はしないけど、それ的な笑顔。ほうほう。女子ウケも狙えると。

「そうなんだ〜。でもこれ、まだあったかいですよね。お仕事、早上がりとかしたんですか？」

「ううん。実はね、仕事場のオープンに入れてたの」

オープンがある仕事場って、一体どんな？　料理教室とか？　私が軽く首を傾げると、ケイコは再び微笑んだ。

「私ね、ギャラリー兼イベントスペースに勤めてるの。そこにキッチンがあるのよ。企業のオープニングセレモニーやパーティーなんかで、結構お料理を出すから」

「そうなんですか」

「ケータリングの人が使うのにも便利だし、今日みたいに作ったものをお出しすることもあるから」

まあ、色々突っ込みたいところだけど、理由はそれらしい。感心したようにうなずいて見せると、ケイコはにっこりと笑った。

「みきさんこそ、やるじゃない」

「え？」

「あれ、みきさんが考えたんでしょ？　男子に大ウケ」

ケイコが目線で示す先には、かおりと私が持ってきた料理の皿がある。

「ああ、あれは――」

「ローストビーフ食べて、ワイン飲んでるのに、なんとなく手を伸ばすのね。食べながら盛り上がってるし、すごいわ」

「あー、それは……」

奴らの味覚が中二だからですよ。私は心の中でつぶやく。

「最近、知り合いの男の人に聞いたんです。男は、マヨネーズのついたハムとかポテトサラダが大好きだって」

なので私は、かおりと二人で『ポテトサラダのハム巻き』を作った。新婚早々の若奥様的レシピだけど、巻き方とピックでかろうじてお洒落寄りに仕上げることができた。

そしてこれは内緒なんだけど、中のポテトサラダには大量の『追いマヨ』をしてある。女子的には、おすすめしかねる一品だ。

「確かに男子は、ああいうの好きよね」

ケイコはごく自然な表情でうなずいている。私が持ち上げて、敵じゃないアピールをしたせいだろうか。

だからちょっと、気が緩んだ。

「――なんで私が考えたって思ったんですか？」

言った瞬間、まずい、と思った。けど、後の祭り。

「だってかおりちゃん、お料理下手でしょ」

小声のふりした、そこそこ通る声。男たちの耳に、ちょうど届くぐらいの。

(かおり、ごめん！)

ジャストパス、敵に出しちゃった。

「そんなことないですよ。かおり、会社にもお弁当もってきてますし」

慌《あわ》ててフォローに回ると、ケイコはくすりと笑う。

「そう。じゃあ、『お料理』が好きなのね」

うわあ、うまい。「好き」と「下手」を、見事に両立させてる。手練感《てだれかん》、ハンパないわ。

「かおりちゃんでも作れる、簡単で気が利《き》いたものを、あなたが教えたんじゃない？」

「いや、まあ――」

これ以上喋ると、なんかヤバそう。私は「あ」と小さく声を上げ、スマホが震えているフリをした。

「ごめんなさい」

そう言ってケイコの側を離れると、窓際でかおりが険しい顔をしてこっちを見ている。あれは絶対、聞こえてたな。

でもまあ、かおりがリョウタと一緒でよかった。とりあえず、ケイコの足止めには成功したってことで、ちゃらにしてほしい。

私は飲み物を取りに行きつつ、二人を観察する。リョウタは、一応かおりを見てる。目移り中だとか、おざなりに相手をしてる感じはしない。でもまだ、自分から近づこうとする意思は感じられない。

（まあ、がんばって）

私はキッチンのカウンターで白ワインをグラスに注ぐ。シャンパンの泡も魅力的だけど、こういうときはげっぷのでないお酒の方がいい。口に含むと、適度な辛口でおいしい。たぶん、いいワインなんだろう。

「こんばんは」

すっと横に来たのは、広告業界の男。挨拶を返すと、こちらをじっと見てきた。

「――なにかついてますか」

「いやあ、綺麗だよね」

「ありがとうございます」

軽く会釈すると、男はふっと首を傾げる。

「あのさ——違ってたらすごい失礼なんだけど、その——」

「はい。身体《からだ》は男ですよ」

私が答えると、男はほっとしたように笑った。

「だよね。俺、さっきからそうじゃないかなーって思ってたんだけど、合コンだし、どうなのかなって気になってたんだよ」

「すみません。人数合わせの、賑《にぎ》やかしだと思って下さい」

私の言葉に、男はうんうんとうなずく。

「いいね。ていうか君、本当に肌が綺麗だよ。毛穴とか見えないし」

「——毛穴?」

予想外の単語に驚いていると、男はにやりと笑った。

「いまどきの広告って、写真のレタッチがかかせないからね」

「はあ」

「そういう意味で、君はすごいよ。俺が女だったら、どこの化粧品使ってるか聞くね、絶対」

「それはどうも」

ありがとうと言うべきなのかどうなのか。私が悩んでいる間に、男はポケットから名刺入れを取り出した。

「いつか、君みたいな人の座談会とか、そういう企画があったら、声かけていいかな」

ああ、そういう方向ね。私は名刺を受け取りつつも、首を横に振った。

「私は、メディアには出ないと思います」

こういう申し出は、今までにも何度かあった。SNSをやっているセクシャルマイノリティだったら、たぶん「あるある」の範疇《はんちゅう》。

「そうなんだ」

もちろん、メディアに関してミーハーな憧《あこが》れはある。でも私には定職があるし、さらし者になる覚悟も、そこまでして訴えたい何かもない。

「ま、気が変わったら連絡してよ」

軽くうなずくと、男は身をひるがえして、かわいこちゃんに声をかける。

次に声をかけてきたのは、医療機器メーカーの男。

「人数合わせは、僕も同じだよ」

ドクターに連れてこられちゃってさ。そう言って笑う。そして当のドクターは、ケイコと盛り上がっている。

「よかったら話し相手になってよ」

「あ、はい――」

「別に君がどっちのヒトでも、喋るだけなら気にならないし」

そう言われて、私はうなずいた。

なんていうか、全体的に悪くない。マスコミくんは利益で話をするから敵対しないし、メーカーくんは喋りに嘘がない。性的なことで馬鹿《ばか》にされないってだけでもありがたいのに、そこそこ尊重してもらって、ついでにワインはおいしいし、夜景も綺麗。

(――金銭的に余裕があると、他人にも寛大になれるものなのかな)

正直、こういう人種とあまり接したことがないので、これがお金持ちの大多数かどうかはわからない。ただ、ここにいるメンバーは礼儀正しい。「金持ち喧嘩《けんか》せず」って、つまりこういうコト?

それにケイコの嫌みだって、今のところゆるい。というかぬるい。

(ていうか、かおりが料理できないのは事実だしね)

でも、まあ別にいいか。リョウタと楽しそうに話すかおりを見ながら、私は白ワインを啜《すす》った。

それでも人間っていうのは贅沢《ぜいたく》なもので、満たされたら逆に刺激が欲しくなる。なので、ちょっとかわいこちゃんとケイコの方を窺ってみたり。するとちょうど、ケイコがリョウタに声をかけたところだった。

＊

（おっと）

皿が空なのをわざとらしく指摘して、「気づいてあげないと、ね」と軽くかおりをディスる。そしてご自慢のお肉へ誘導。「今、切り立ての出すね」か。まあ、うまいね。

かおりは、くやしそうな顔をして、ぐっと唇を噛《か》んでいる。だろうね。だってかおりは、そういう「取り分け女」的なことが大っ嫌いなんだから。

さて、そろそろ出番かな。私がかおりに近寄ろうと歩き出したとき、リョウタが口を開いた。

「ありがとケイコちゃん。でも俺、食べたいときに食べたい量を自分で取りたいから、いいよ」

おや、これは。私は足を止め、リョウタをもう一度しっかりと見る。

「え……」

笑顔がひきつるケイコ。いいぞ、面白くなってきた。

「女の子に、そういうことさせるのって好きじゃないんだよね。なんかさ、平等じゃないっていうか」

なるほどなるほど。私はにやりと笑って、かおりを見る。すると「でしょ？」と言わんばかりの表情でこちらを見返してきた。

そんなところに割り込んできたのは、医者だという男。

「ぼくが貰《もら》うよ」

微笑みながら、空の皿をケイコに向かって突き出す。年齢は近いはずなのに、なんていうか貫禄《かんろく》がある。いや、ただのメタボ予備軍か。

「ていうかさ、平等なんて現実には存在しないと思うよ」

肉を頬張りながら、皆を見渡す。

「そうかな？」

むっとしたように声を上げるリョウタに向かって、医者は鷹揚《おうよう》にうなずく。

「存在しないよ。いくらそう謳《うた》ったところでね。実際問題、こうやって取り分けてもらった方がおいしく感じるし、話が早い。看護師に女が多いのと一緒だよ」

言いたいことは、まあわかる。でもちょっと角が立つ。じゃなくて、むかつく。そしてさらにむかつくのは、こいつが今までこういう状態でそこそこモテてきただろうってこと。

（メタボ手前で態度が悪いくせに改善しないのは、それだけ魅力的な肩書きを持ってるからだよね）

でも、フェミコードが昭和の男なんて、ごめんだ。ケイコだって肉を取り分けたまま、特に喋りかけようともしていない。同じ年収なら、誰だってリョウタを選ぶに決まってる。

そしてリョウタが、口を開く。

「あのさ。平等がないにしてもさ、平等にしようって姿勢は大事じゃないかな。俺は正直、今日のやり方もどうかと思うよ。女の子だけに作らせてさ。俺たちもなんか、作ればよかった」

おお、リョウタ、えらい。私は心の中で拍手を送る。

すると医者が、ふっと口の端で笑った。

「リョウタはいっつもそうだよな。現実よりも、聞こえのいい言葉が大好きで」

いっつも？　私は思わず首を傾《かし》げる。

「ねえ。リョウタくんは、何か得意料理があるの？」

雰囲気を変えるように、かおりがたずねた。

「うーん、何が得意っていうのはないかな。とりあえず、食べれるものを作れるってレベルだから」

すごい。なんて好印象なアンサー。これで「カレー。スパイスにこだわったやつ」とか言われてたら、応援する気をなくしてたかも。

「でも、こういうパーティー料理とかは作ったことないね。だからケイコちゃん、尊敬するよ」

おお、すごい。どこまで完璧《かんぺき》なんだ。このひと言で、沈んでいたケイコの表情がぱっと華やぐ。

「じゃあ今度、一緒にお料理しない？　レシピ、教えるから」

「いいね」

にこにこ笑うリョウタ。そこにかおりが割って入る。

「私にも教えてほしいな」

「いいよ？　でも、普段お料理してないヒトには、ちょっとハードル高いかも」

ほんのりと敬遠するケイコに対して、リョウタはどこまでもポジティブに突っ込む。

「ハードルが高いってことは、教えてもらう価値があるってことだね」

「え？」

「だって、レシピ見てすぐ作れるようなものだったら、習う価値ないじゃない」

うまい。うますぎて、逆によくわからない。リョウタは、かおりとケイコ、どっちを狙《ねら》っているんだろうか。そう考えたところで、ふと気づく。

（あ、狙う必要ないのか）

この合コンは、そもそも男が「狙われる側」だ。だからリョウタはどちらの味方でもなく、ただ「待ち」の姿勢を取っている。決めるのは、じっくり比較検討してからでいいのだ。

でも、援護側の人間としては、「待ち」で終わられるのはちょっと。

私は四人に歩み寄ると、笑顔で話しかけた。

「えー、なにそれ？　ケイコさんのお料理教室だったら、私も行きたいなー」

だってこのお肉、本当においしいし。そう言いながら、ケイコがリョウタのために切ったローストビーフをぱくりと食べる。うん、これマジでおいしい。そこは素直に尊敬する。

「えー？　教室なんてそんな」

「ううん、ケイコさん、落ち着いてるし先生っぽいよ。素敵」

言外に「年上に見えますよね」を匂わせてみた。すると察したかおりが、上乗せしてくる。

「そう言われれば、ケイコさんって先生っぽいね。色々詳しいし、ライフハックの達人みたい。ていうか、知恵袋？」

年上通り越して、おばあちゃん扱いかよ！　私は思わず、かおりの顔をまじまじと見た。出たよ、てへぺろ的な表情。

「えっと、みきちゃんだっけ？　かおりちゃんの友達なんだよね？」

痛々しい話題をそらすように、リョウタが私に話しかける。

「あ、はい。今日はおいしいお料理とお酒が出るって聞いたから、ついてきちゃいました」

「そうなんだ。ゆっくり楽しんでね。ていっても、俺の家じゃないけど」

「はーい。楽しんじゃいますよ。自分の家みたいに」

私は笑いながら、少しだけ声のトーンを落とす。わかってるだろうけど、のヒントだ。案の定、リョウタはそれに乗ってくる。

「――えーと、もしかしてだけど。みきちゃんは、その――」

気後れ、してるんじゃない。間をとって、気後れ&気づかいをしてるっぽく喋ってるだけ。そしてその間に、自分の取るべき対応を考えてる。

うまいな。きっと、仕事もできるんだろうな。そう思いながら、さらなる親切対応。

「そうそう。トランスジェンダーっていってね、身体だけ男なの。今日は人数合わせの賑やかしで参加してるだけだから、あんまり気にしないで」

「そうなんだ。俺はまだ知り合いにそういうヒトいないから、新鮮だな」

どうぞよろしく。片手を差し出されて、私は微笑む。

うーん、ホントになんていうか、そつがない。なさすぎて、いっそつまらないようにも思える。でもまあなんにせよ、『世話を焼かれたい永遠のボクちゃん』が多い昨今、自立感を漂わせる男子はいい。

しかし医者とケイコは、私の発言に固まっていた。

「マジかよ……」

「え？　え？」

事前に知らなかったのは当然として、こんな近くで喋っていても気づかなかったのか。二人とも、案外鈍いな。

「わからなかった？」

「全然。すごいな。今の技術って」

技術じゃねえし。天然ものかつ、未舗装だわ、自分。

「え？　だって、え？」

混乱したまま、顔を赤くするケイコ。予想外な一面に、私はちょっとだけ萌《も》えた。

「ケイコさんに気づかれないなら、合格かな」

少しだけ顔を近づけると、ケイコは真っ赤な顔のまま動かない。こら、あんまり油断してると、キスしちゃうぞ。

「みき、だめだよ〜。ケイコさんのことからかっちゃ」

お前の仕事は何じゃい、とばかりのかおりの声。

「ケイコさん、家事以外のことは、あんまり詳しくないんだから」

えぐい突っ込み。あんたは仕事ができないと言っているようなものだ。でもまあ、見てればそれが事実だろうってことは、よくわかる。こういう場所では、誰だって自分の得意なものを中心に喋るものだ。

ただ、仕事ができるかどうかは、リョウタ相手に正しいカードなのだろうか。そこで私は、ミスター平等くんの方を向いて微笑む。

「でも、家庭に入って専業主婦になりたいヒトなら、いいよね？　身の回りのこと、なんでもやってもらえて、毎日おいしいお料理が食べられるんだし」

するとリョウタは、私を見てうなずいた。

「そうだね。楽だろうね。でも俺は、自分の奥さんには専業主婦にはなってもらいたくないな」

「そうなんだー」

「だって彼女の人生は、彼女のものだよね。結婚したからって、仕事を捨てるようなこと、してもらいたくないよ」

リョウタ、玉の輿《こし》に乗って、ゆとり奥様ライフを送りたいであろう女を全否定。

『いいお嫁さん』にすべてのチップを張ったケイコは、真っ赤な顔で唇を噛み締めている。

(なるほどね)

かおりは、負け戦にあえて手を出すタイプじゃない。私は心の中で、深くうなずく。

いいよ。私たちの勤め先、立ち位置的に、ぴったりじゃん。

「捨てるなんて、もったいないよね。うちの会社、やりがいだけはあるし」

かおりの言葉に、私も乗っかる。

「そうそう。お給料は安いけど、やったことがそのまま反映される楽しさはあるよね。ファッションって」

ナイスフォロー。かおりの目がそう言ってる。そしてそれを実証するかの様に、医者が機嫌良さそうに笑った。

「部活みたいで、楽しそうだな。こっちみたいに人の命がかかってるわけじゃないし、気楽でうらやましいよ」

なにが部活だよ。こちとら真剣だっての。そう思いながらも、かおりと私はにっこり微笑《ほほえ》む。

ここでのポイントは「お給料が安い」こと。なぜなら男は、自分より高収入の女が嫌いだから。「いつの時代だよ」って感じの話だけど、平成最後の今でも、これは変わらない。背も学歴も収入も、とにかく「高い」のは嫌われるのだ。馬鹿らしいことに。

そしてさらに面倒くさいのが、現代では「低すぎる」のも嫌われるということ。背はともかくとして、低学歴で低収入ときたら、それも駄目。なんかもうホントに、面倒くさくてやってられない。

（男も男で、面倒くさいんだろうけどさ――）

年収で話を始める奴とか、会社の名前で生きてる奴とか、まああっちだって色々あるのだと後藤は言っていた。でも、結婚してからもジャッジされるような、無言のプレッシャーにさらされ続ける感じとは違う。

ともあれ私は、そのどちらにも足を突っ込まないですむ。気楽な立ち位置だ。でもそれがときどき、ほんの少しつまらなくも思える。

もし私が女だったら、際限なく降り掛かるミッションをぶった切りながら楽しむ自信がある。だって、怒りを燃料にできるタイプだもん。

そしてその途中で好きな人に出会ったら、相手を片手で担《かつ》ぎ上げ、もう片方の手にはその相手との子供をぶら下げる。そんな状態で、死ぬまで続く炎の道を、火の粉を浴びながら走り抜けてやるのだ。

それはなんて刺激に満ちた、退屈知らずの人生だろう！

そこまで考えて、ふと振り返る。

（——男の自殺率、高いわけだ）

だって絶対、女の方が面白いもん。

ゲームで言うなら、女子の人生はイベントが多くて敵も多くて、でも味方も多い。

選択肢も多くて（服だってスカートとパンツと両方選べるしね）、道もたっくさん枝分かれしてて、なんか色々多彩。

それに対して、男子の人生はイベント少なめ。敵と味方の多さは同じかもしれないけど、選択肢が多そうで案外少ない。道は単純で歩きやすいけど、それってゲーム的にはどうなの？　っていう状態。

でも、だからこそ、そんなゲームさえ楽しめる男子は貴重ってことで。

「かおりちゃんとみきちゃんは、野球のバッテリーとか、戦友みたいだね。すごくいい仕事をしそうな感じがする」

にこにこ笑いながら言うリョウタ。もしこれが本心なら、かなりの当たり物件だと思う。

＊

開始三十分。場がまったりとなごんできたところで、玄関のチャイムがなった。

「ああ、やっと来た」

ケンイチがやれやれという感じで、出迎えに行く。

「最後の一人、だよね。知ってる？」

かおりに囁くと、首を横に振った。

「知り合いじゃない。けど、たぶん中心人物」

「中心？」

「うん。ケンイチくんとつきあってるっぽい」

聞いて、納得した。ケンイチのがつがつしてない感じ。あれは、彼女持ちのそれだったのか。にしても。

「合コンにカップル参加って、本来ならルール違反じゃない？」

「まあね。でも仲人《なこうど》みたいなもんだと思えば」

「なにそれ」

イメージ的には、お見合いをセッティングしてくれる感じ？　かおりのつぶやきに、私は小さく笑った。それ、なんか古いよ。

でも、最後の一人は古いなんてもんじゃなかった。

「遅れてごめんなさ〜い！」

声とともに人の姿が見えた。と思った瞬間に、その人物が斜めに傾く。そして大きな音。

「えっ？」

「いったあ！」

コケた。合コンの登場でコケた。すんごい『つかみ』。昭和の少女漫画もびっくり、ていうか、かおりと私もびっくり。

「だ、大丈夫!?」

当たり前だけど、本気で心配したのは男子だけ。そりゃそうだよ。本気で転んだときの声じゃないもん。

「ありがと。大丈夫。あ、お料理も大丈夫だったよ」

立ち上がったところで、ようやく顔が見えた。……ん？

なんか、イメージと違う。

私と私以外の女子は、全員が心の中でつぶやいたんじゃないだろうか。

だってここはタワーマンションで、一応年収高い男子との合コン会場で、でもってその主催者のケンイチは、いい人っぽくはあるけどかなり「こなれた」感じもあって——そういう奴の、彼女ってことでしょ？　なのに。

「やあだ。またやっちゃったあ」

そう言って立ち上がったのは、そこそこの女。別にブスじゃない。まあまあ可愛《かわい》い。けど、絶対的に今っぽくはない。体型は柔らかくて「ぷに」手前。なにより服が。

(服が、古っ——!!)

私と同じミモレ丈のスカート。でもトップスに重ためのツインニットを着ているので、なんだか上品すぎて年齢が間違っている印象。しかも靴はヒールじゃなくてキャメルのリボンつきフラットシューズ。

(つか、それにパールのコンパクトな一連って)

皇室ファッション？　それとも授業参観のお母様？　頭につけたリボンカチューシャを見て、私はげんなりとする。

「あ、俺持つよ」

「立てる？」

そんな女に、男どもがわらわらと群がる。まあ、女子が転んで放っておくようなタイプはこの合コンにはいないか。礼儀だよね。

「ありがと。あ、これお料理。ケンくん、あのね、お料理、一品って言ってたのに、二品作っちゃった。ごめんね」

言いながら、ケンイチにカゴバッグを渡す。これもまた、こてこてに少女漫画テイスト。内布がギンガムチェックって。それも赤って。

「なに言ってんの。助かるよ、ありがと」

ほうほう、遅刻した上に「私は二品」と。軽くひっかかったけど、主催者かつ仲人だと思えば、わからなくもない。

「おにぎり握ってたら、それだけじゃ寂しくなってきちゃったから」

それを聞いて、かおりとケイコが「ん？」という表情を浮かべる。炭水化物って、選択肢にあったわけ？　確か最初に「食べる目的の会じゃないし、前菜っぽいもの」とか聞いた気がするんだけど。

まあ、それも主催者、つまりもてなす側としてのサービスなのだろうか。

「マナミちゃんのおにぎりか。久しぶりだな」

後ろで見ていた医者が、嬉《うれ》しそうにつぶやく。「久しぶり」？

「うん。ケイくんの好きな鳥そぼろ入りも作ったよ。食べてね」

ケイくん？

「マジかよ。俺の梅カツオは？」

「あるある。ケンくんのも」

ケンイチが「当然か」、という顔で笑う。

「え。じゃあもしかして、シラスも？」

広告業界の彼までもが、身を乗り出す。なんだこれ。

なんか、ものすごく嫌な予感がするんだけど。

「あるよ。シラスにお醬油《しょうゆ》ちょっとだよね、ソウくん」

まさか。私と同じことを女子全員が感じたらしく、かおりやケイコに加え、かわいこちゃんまでもが不安そうな表情を浮かべている。

そしてやっぱり。

「よく覚えてるよなあ。じゃあ、俺の焼きタラコだってあるよね？」

リョウタが、にこにこと笑う。

「もちろん。みんなの好きなもの、忘れるわけないじゃない。あ、だからおかずはね――」

マナミと呼ばれた女の言葉を引き継ぐように、リョウタが答える。

「からあげ。マナミちゃん特製の、あれだよね。違う？」

「当たり。リョウくん、なんでわかっちゃうの？」

お楽しみのびっくり箱にしたかったのにい、とマナミが頰を膨らませる。

「……なにこのキモいテンプレ」

かおりが、ものすごく小さな声でつぶやいた。

まさかの逆ハーレム。あり得ない状況に、女子はまだついていけてない。ていうか、ケンイチとカップルのはずなのに、なんで男子はマナミに群がるんだろう？

「あれ？　みんな彼女と知り合いなんだね」

医者に連れてこられたという医療機器メーカーの彼だけが、ごく自然に首をかしげる。

「ああ、ごめん。言ってなかったっけ」

「ケイくん」こと医者が、おにぎりを片手に答えた。

「俺たち、ガキの頃から親が知り合いでさ。いわゆる幼なじみってやつ」

おさななじみ。驚きのあまり、開いた口が塞《ふさ》がらなかった。

いるんだね、現実で。しかも富裕層の親ぐるみの「おつきあい」。少女漫画っぽいどころか、そのまんますぎる。

「みんなで出かけるたびに、俺たちマナミちゃんのおにぎり食ってたよね」

「小さい頃は、おにぎりしか作れなかったんだもん。ママが火は危ないからって使わせてくれなかったしい」

再びの「ぷうっ」。おいおいおい。ここ、普通は笑うとこだよ。

「いいじゃん。それが最高にうまかったんだし」

商社マンの微笑み。

「俺ら、これで育ったようなもんだしね」

広告業界の彼。この寒い台詞《せりふ》に、あんたのセンスは異を唱えないのか。

でもまあ、私は別にいい。部外者だし。問題は、当事者の女子たちだ。

ケイコは、呆然《ぼうぜん》。かわいこちゃんは、むっとした表情。そしてかおりは——。

目が、死にかけてた。

*

別に合コンの相手が、幼なじみの男子グループだっていい。そこにひと組出来上がったカップルがいて、みんなの仲人になろうっていう状態なのもかまわない。

ただ、その女がグループの姫扱いなのは、どうかと思う。

(何のための合コンか、って話だよ)

ケンイチを見ながら、私は心の中でほんのりと悪態をつく。

(自分の彼女が、こういう状態でいいわけ?)

なんていうか、下手したら全員とキスくらいしてそうな雰囲気。「俺たちのマナミちゃん」が「なんでケンイチなんかと」の上、「俺だと思った」の嵐《あらし》。

「えー? じゃあ二人がつきあいはじめたのって、最近なんだ」

医療機器メーカー男子の言葉に、マナミとケンイチがうなずく。

「そうなの。なんかお互い知りすぎてて恥ずかしいんだけど」

「一応、結婚を前提ってことで」

親公認の方が楽だしさ。照れくさそうに笑うケンイチの横で、マナミが「楽ってなによお」とシャツの袖《そで》を引っ張る。

うわあ。うわあ。なんかつらい。目に厳しい。

「あ、でもね。それが今日のパーティーのきっかけでもあるの」

マナミはうふふと笑って、皆を見渡す。

「ケンくんと私みたいに、みんなにも、幸せになってほしいなって」

そういうことか。

要するにこの合コンは、マナミのおこぼれ頒布会《はんぷかい》。さらにその先に、「私と合うタイプの子を選んでね。長いおつきあいになるから♡」みたいな意図さえ感じる。自分の手の中にある男の子が、知らない誰かとつきあうのが嫌。じゃなきゃ、真性の天然爆弾。そこであえて、仲人役を買ってでたと。

「だってみんな、私がいなくなったら、寂しいでしょ？」

だったら、せめて彼女くらい、作ってあげなきゃって思って。マナミの言葉を聞いて、かおりの唇の端がぴくんと震えた。そしてそのまま、一歩前に出る。

「初めまして、マナミさん。かおりって言います」

「えっと、かおり……さん？　はじめましてえ。ようこそ」

あんたの家じゃないけどね。私は心の中でつぶやく。

「あの、マナミさんって何をされてる方なんですか？　おにぎり、すごく凝ってるみたいだから、クリエイティブ系のお仕事とか？」

するとマナミは、苦笑した。

「クリエイティブって、そんなあ。そんな格好良く、ないですよ」

と、言いつつも、なんだかちょっと嬉しそう。かおりのくすぐりは、いいポイントを突いていたみたい。

「私はね、おうちで『ごはん教室』っていうのを主宰してるだけ」

「そうなんですかあ。素敵ですねえ」

まったく心のこもってない声。そりゃそうだ。マナミの言う「おうち」で「主宰」。

つまりこれはあれだ。主催者の「主催」じゃなくて、『美食倶楽部《クラブ》』のあれ。

かおりの、大嫌いなやつ。


「私、『◯◯主宰』って肩書きが、震えるほど嫌い！」

これは女性誌を読んでいるとき、かおりが必ずつぶやく言葉。なんで、とたずねると「言ったもん勝ちみたいだから」と眉間《みけん》に皺《しわ》を寄せる。

「催《もよお》すほうの『主催』はさ、職業として納得できるんだよ。金銭的にも内容的にも責任負ってる、って感じがするし。実際問題、責任者だもん」

「じゃあ、『主宰』はどう違うの」

「意思を統一する。ってだけだよ。そこに責任はないの。人数も関係ない。今ここで私が、『今日から、素敵ファッション研究会を主宰しまーす』って言いきったら、それでもう成り立つ」

言ったもん勝ち、というのはそういうことか。

「本気でやるなら『主催』したりオーナーになったりすればいい。『主宰』は、責任感のないお遊びだよ。メインの肩書きにできるものじゃない」

ああ、そう言われると、ちょっと納得。名刺の肩書きに『主宰』がある人は、その上にメインの肩書きが存在することが多い。つまり『主宰』は、併記しても仕事に問題がない、趣味の領域とみなされることも多いってことだ。

なのに、それをメインで書いている人というのは。

「家事手伝い。ニート。じゃなきゃリタイヤした趣味人」

誰か、かおりの歯に着せるお洋服プリーズ。でも、言いたいことはわかる。

「それをさ、堂々と書く神経が、わかんないんだよねえ」

そんなことを言っていたかおりの前に、今、本物が。


「その『なんとか教室』って、好評なんだろ？　うちの従姉《いとこ》がマナミちゃんにからあげ習った、って言ってたよ」

医者の言葉に、ケンイチがうなずく。

「そうそう、結構評判なんだよ。こないだなんか、雑誌の取材来てたもんな」

「やだ、話が大きいよ。雑誌っていっても、業界向けの広報誌なんだから」

「お父さんとこの？」

「ううん。お父さんの知り合いの人の会社」

……あーあ。そのまんま、「素敵な奥様」の「素敵なご趣味」だ。まだ未婚だけど。

いや、別にいい。誰に迷惑をかけるじゃなし、私が文句をつける筋合いもない。

ただ——。

（ただなんか、鼻につくんですけど!!）

私は、和気あいあいと内輪トークを繰り広げるマナミたちを見つめて、どんよりとした気持ちになる。

自分専用のおにぎりに群がる男子。

女子、ほぼ全員置き去り。

すげえわ。ひくわ。なんなの、この状態。

ロマンティックな夜景とか、これっぽっちも意味がないんだけど！

＊

ちょっとあんまりなので、私はかおりと目線を合わせてから、トイレに行った。これは、かおりと私が合コン会場でよくやる作戦会議。二人一緒に行くと「相談してるな」って思われるから、別々に行くのがポイント。

そして、あえてのメール。ラインだと、画面を見られてしまう危険性があるから。

『どうしたい？　どういう方向でも、つきあうよ』

送信してから軽くメイクを直し、個室を出る。そして時間差で、かおりが同じように個室に入る。着信はすぐだけど、それに気づいたふりをするのは、かおりが個室から出てから。

「あ」とか言いながら、人の輪を外れて壁際《かべぎわ》へ。

『いい人なのは変わりないけど、あの関係はNG。今日はなごやかにFOの方向で』

あまりにも冷静な文面に、ちょっとウケた。そしてその反面、安心もした。だってこれ、もし少しでも「恋」になってたら、つらすぎるでしょ。

なごやかにフェイドアウト。それを念頭に置きつつ、白ワインをきゅっと飲み干す。時計を見ると、もうすぐ九時。一次会を抜けるには、最適な時間だろう。

そんなとき、マナミがこっちに向かってきた。

「みきさーん」

片手に持ってるグラスに入ってるのは、白ワインでも赤ワインでもない、琥珀色《こはくいろ》の液体。これはまさか。

「マナミさん、もしかしてそれって梅酒……？」

「え、すごい。なんでわかったの？　みきさん、すごすぎ」

キター！　私の頭の中で、古くさいアスキーアートが叫びを上げる。

「いえ、なんとなく、そうかなって」

だって『ごはん教室』だし、ダサレトロだし、まあ、梅酒漬けてそうじゃない。ねえ、ゆい？

「私ね、あんまりお酒強くないから、こういうときは自分で飲めるものを持ってくることにしてるの」

「そうなんですか〜」

背後のテーブルに目をやると、いかにも手作りっぽいガラスポットが置いてある。

「私も、いただいてもいいですか？」

「もちろん！　みきさんも、梅酒が好きなの？」

「はい」

その言葉に嘘《うそ》はない。でも本当のところ、会話が面倒くさそうだから言ってみた、という流れでもある。

「どうぞ。まだ二年だから、こなれてないけど」

渡されたグラスに口をつける。ふうん、いい香り。味もいい。

「あ、よかったらおにぎりも食べて」

「でも、みなさんのお好きなものですよね？ 食べちゃ悪いんじゃ――」

「そんなこと、ないない！ 男の子とは別に作ってあるから、気にしないでぇ」

言いながら、マナミは小皿に俵形のおにぎりを取り分ける。特にお腹《なか》は空《す》いていなかったけど、礼儀上、いただく。ほうほう、中身は梅、と。

するとこれが、おいしかった。

「へえ――」

思わずため息をもらすと、マナミがにっこりと笑う。

「これね、梅酒と同じ梅で作った梅干しなの」

なるほど、自分で「お教室」をやってるだけのことはある。

「すごく、合いますね」

「嬉しい。私、みきさんは味のわかる人だと思ってたんだ」

にこにこ微笑まれて、おいしいもの食べさせられて、まあ、なんとなく溜飲《りゅういん》が下がっちゃう。こうやって、あの男子たちは骨抜きにされたわけだ。

「みきさんは、かおりさんと同じところにお勤め？」

「はい。アパレルです」

「そっかあ。どうりで二人とも、お洒落《しゃれ》だと思った。特にみきさんは、スタイルも良くて、モデルさんみたい」

「背が高くて、胸がないだけですよ。マナミさんみたいに、小柄な方がうらやましいです」

初歩的な「あなたこそ」的褒め合い。普通ならそこに相手の隙《すき》をうかがう視線が混じるのだけど、マナミからは不思議と感じない。

「でもねえ、私なんてお料理の食べすぎでお肉がつきすぎだし」

ふにゃっとした手が、二の腕に絡《から》み付く。

「ほらあ、みきさん、脂肪とかない。うらやましすぎる」

うん、それは染色体の差かな。私はその手を外すために、軽くつかんだ。

「柔らかい手。こっちの方が、絶対モテますって」

すると、なぜかマナミの動きが止まった。おかしいなと思って、顔を見る。

真っ赤だった。

（……えーと）

彼氏がいるんだから、私とどうこうっていうことはないよね？　ていうか、そっち系の趣味嗜好《しこう》があるわけでもなさそうだし。

あ、でも遅れてきたから、私の情報入ってない可能性もあるか。

「あの、マナミさん。私が女子じゃない、って知ってます？」

めんどくさいから、先に言ってみた。

「知ってる――」

「ついでに言うと、女子とつきあいたい系なんですよ」

「うん。ケンくんから冗談で『気をつけて』って言われた」

じゃあ、ここでこうやって腕をからめたまま、赤くなってちゃいけないんじゃないのかな。

「安心して下さい。私はここにいる女の子と、どうこうなる気はないんで」

そう言って、静かに、けれどきっぱりと腕を外した。幸い、ケンイチは窓の方を向いて、広告業界の男と話をしている。

「そう、よね」

そこはかとなくがっかりしたような表情で、マナミはうなだれた。

（もしかして、女子校育ちだったりするのかな）

こういう状況には、今まで何度か陥ったことがある。不思議なことに、ある種の女の子は、無意味に私を憧《あこが》れの対象にしたり、なついてきたりするのだ。

そこに、性的な視線はほとんどない。あるとしても、同性に同性が感じるそれの限界値と同じくらいだと思う。つまり、一線を越えないくらいの、微量な熱。

そういう視線を投げ掛けてくる女の子は、私を「ボーイッシュな女子」の延長線上に見ている場合が多い。たとえば、女子校の運動部の先輩のように。

（宝塚？　じゃなきゃ初めてのゲイバー的な？）

なんだかよくわからないけど、神秘的でどきどき。そしてそのどきどきを、性的なそれと意図的に間違えてる感じ。

「私、みきさんとお友達になりたいな」

「ええっと」

「アドレス交換、してもいい？」

駄目と言ったところで、意味はないだろう。「おだやか」にこの場を去るために、私はスマホを取り出した。

＊

ゴージャスな合コンだから、「送ろうか？」は車。それもやんわり断って、かおりと私は再び湿気の多い夜に出た。しょぼしょぼした遊歩道を歩きながら、かおりがうーんと背伸びをする。

「なんか今日、ごめん」

「いいよ。かおりだって想定外だったんだし」

「しっかし、あれはないわ。ていうか、みきはマナミにモテてたね」

「そういうんじゃないって。そもそも、タイプでもないし」

出来立てのアスファルトに、二人分の足音がこつこつ響く。

「たまにいるでしょ。おかまを神格化するタイプ。あっちだよ」

「あー、ね」

かおりが、ゆるくうなずく。それに連れて、頬の横でゆるふわカールが揺れる。

「よくわかんないから、なんだかすごそう、って思っちゃうやつね」

かおりの、こういう頭の良さが好き。

「そうそう。『なんか違う』を超絶ポジティブにすると、『なんか尊敬』に行き着くとがあるでしょ」

「なんだっけ、それ。民俗学っぽい言葉であったよね」

「あと、あれ。南の島とかで、海から来たら神様とか」

珍しい→貴重→尊敬って流れね。私が言うと、かおりはぽつりとつぶやく。

「――でもそれって、差別と背中合わせみたいな感じもするんだよね」

「うん」

「勝手に持ち上げて、特別視して。それって、そうされる側からしたら、どうなの」

「まあ――うざいよね」

口にしたら悪い気がするから、普段は言わない。でも、生温い夜だから言う。かおり相手だから言う。

「ひど」

「だね」

顔を見合わせて、笑った。

「でもそれ、年収高い人や富裕層に対しても、同じだったかも」

私は、反省も兼ねて告白する。

「見上げるもんか、って言いながら、見上げまくってた。違う人種でしょ、って思いながら、どこかで羨《うらや》んでた」

ゲスいよね。そう言うと、かおりがにやりと笑う。

「私なんて、行く前にあそこのマンションの値段、調べたからね」

「うわ、ゲスい」

「ゴシップも大好物でゲスから」

アルコールは抜けかけているはずなのに、私たちは大きな声でげらげらと笑った。

人気《ひとけ》はないのに、きらきらと光り輝く街灯。本当に住んでるのかわからない部屋の、他人事《ひとごと》な灯り。

「ねえ。馬鹿《ばか》みたいなこと、言っていい？」

かおりが、違うマンションを見上げて言った。

「なに」

「孤独死とか、怖いなって思う瞬間があるんだけど」

普段だったら、思いっきり笑うところ。でも、なんとなく、「うん」と答えた。

「わかってるんだよ。結婚したって、離婚することだってあるし、自分より先に相手が死ぬことの方が多いし、子供がいたって、間に合わなかったりってこともあるだろうし」

「うん」

「なのになんで、結婚したらオールクリア、みたいな気分にさせられるんだろうね？」

ムカつくよ、とかおりは吐き捨てるように言った。

「冷静に考えたら、そうじゃないことなんて、わかりきってる。なのに、なんか考えが刷り込まれてる」

言いながら、地団駄を踏むように歩く。

「私にそれを刷り込んだのは、誰？　そいつを、叩《たた》きのめしてやりたい」

「かおりだけじゃないでしょ」

マナミだってケイコだって、同じ。ていうか、男子だってみんな同じ呪縛《じゅばく》の中にいる。だからこそ「年収」みたいに結婚条件をさらした合コンが成立するわけで。

「でも、なんかさ、くやしいんだよ。誰に怒っていいのかわかんないけど、くやしいよ」

だんだんだん。強い足踏みとともにかおりは前へ進む。私はそんなかおりを見て、少しうらやましくなる。火の粉が降りかかる道を、生きてるんだなって思うから。

「かおりがさ」

「え？」

「かおりが死にそうなとき、そのとき私も生きてたら、寄り添うよ。約束する」

「でも、平均寿命、そっちのが短いじゃん」

ひっどい。でもそんなかおりが好き。友達として、最高に好き。


地下鉄の入口が見えてきた。

「ねえ、どっかで飲みなおそうよ。ぜんっぜん、飲み足りない」

私が言うと、かおりがうなずく。

「だね。私、ヒール脱ぎたい。掘りごたつタイプの居酒屋がいいな」

「あんな歩き方するからだよ」

「うーるーさーいー」

漫画っぽい仕草で両耳を塞ぐかおり。同じ漫画なら、私はテンプレ少女漫画よりこっちがいい。

「私、ビールでポテサラとハム食べたい」

普段は避けている、糖質のコンボ。でも今日に限っては、解禁だ。

「私も食べる。マヨネーズたっぷりつけて」

だってあいつら、なんのかんの言って全部食べちゃったし。かおりは階段を降りながら、パスモを取り出す。

「おにぎり、から揚げ、ポテサラのハム巻き。ある意味、完全なコースメニューになったからね」

「なんかそれもさ、刷り込まれた気がしてくやしいんだけど。『嫌いなわけないでしょ』的メニュー。舌くらい、自由になりたいよ」

ホームから吹き上がってくる風。いつもは生温いと感じるけど、今日は逆に涼しいと感じた。

ひるがえるスカート。踊る髪。走る準備は、できている。

「自由でしょ。オリーブ一個でえんえん飲めるんだから」

暗いトンネルの中から、ぶわっと列車が飛び出してきた。

「そういえば、そっか」

笑うかおり。

私はね、不自由を感じてみたかったよ。

LIFE AS A GIRL

子供の頃、嫌いだったものが好きになることがある。たとえば納豆やオクラみたいに、ぬるぬるした食材。お風呂《ふろ》。雨の日。

それと逆に、好きから嫌いに変わったものもある。

たとえば、夏。


子供の頃は海やプールが嬉《うれ》しくて、夏休みも大好きで、もう永遠に続け、夏！　なんて思ってた。でも自分の性にゆらぎを覚えはじめた頃から、服を脱ぐ場所が好きじゃなくなった。とはいえ、だからって夏は嫌いにならなかった。だって夏休みは、誰にも会わなくてよかったから。

家を出て、電車で知り合いに会わない街へ。そこで何をするでもなく、ただぼんやりと過ごす。女装とか恋愛とかさえ考えずに。お金がないから、知らない街の図書館に入って本を読む。自販機のジュースを飲む。知らない公園を歩いて、知らない人たちを眺める。

夏は自由で、少し哀《かな》しかった。

そして私は、そんな夏が大好きだった。

＊

夏が嫌いになったのは、わりと最近のことだ。

「はあ、やっと夏が終わった〜！」

週間天気の気温を眺めながら、かおりが声を上げる。

「ようやく秋物、着られるよ」

「今年は暑い期間が、長かったもんねえ」

夏服は可愛《かわい》い。安いものなら薄くてぺらぺらの布地が愛《いと》おしいし、きちんとした値段の麻は、きりりとして涼しげだ。

けれどファッショニスタにとって、猛暑は天敵と言っていい。薄い布地はすぐに汗《あせ》染《じ》みを浮かび上がらせてしまうし、満員電車内の湿気で、せっかくの麻も皺《しわ》になる。

「一応さ、夏イベラインナップは押さえたんだけどね。でも、やっぱその場限りだしね」

かおりの言う『夏イベラインナップ』とは、水着、浴衣《ゆかた》、フェスT、リゾートワンピのこと。どれも通勤に使えなくて、現地でしか楽しめない服のことを指す。

それに、これは私に限った話だけど、夏服はやっぱり胸のなさが際立《きわだ》ってしまうので、苦手意識がある。薄手のシャツやタンクトップのときは仕方なくパッドを盛るけど、それはできるだけやりたくない。蒸れるし。

というわけで、諸々《もろもろ》の事情を含めた上で、私は今、夏が嫌いだ。

「ようやくだよ。待ってたよ。衣替え！」

仲村さんがネット販売の管理画面を見ながら、にやにや笑う。実際のところ、仕事の面でもメインは秋冬。だって布地の量、質ともに秋冬ものの方が値段設定を見込めるでしょ？　あと、小物も多いし。

「注文きてます？」

「うん。滑り出しいいね。この後ファーが出たら、もっといけると思うよ」

「ああ、あれ結構よくできてましたもんね」

かおりの言葉に、私もうなずく。今期のラインに使うファー素材は、抜け毛も少ないし、肌触りも悪くない。うちのような売り切りファストファッションで扱うにしては、いい方だと思う。

するとは仲村さんが、しみじみとうなずいた。

「こういうとき、うちがやっすい服屋でよかったと思うわ」

「どういう意味です？」

「だって本物のファーなんて、まかり間違っても出てこないじゃない。どこからどこまでも化学繊維で、人工のケモノの毛。ハラコなんかもっとそう。偽装表示かもしれないけど、心が痛まなくてありがたいったら」

「あー、確かに」

ヘアゴムのポンポンまで、人工ですもんね。かおりが笑う。

「だからあたしは、自然派とか素材派とか、信用してないの。人工ファー上等。これぞ科学の進歩ってもんじゃない」

誰も傷つけずに、お洒落《しゃれ》を楽しむことができる。それなら別に「本物」じゃなくっていい。これは本当に、そう思う。

（ねえ、ゆい？）

初めて会ったとき、ゆいはロハス女を演じてた。で、そこにつっこんだ私に言ってのけたのだ。

『このブーツは、牛革なんだ。食肉用の、余った部分の再利用。そのために殺したわけじゃないの』
あれは、歴史に残る模範解答だったね。でもって、こう。
『──命を奪ったら、最後まで使い切ってあげないと。私はそう思うんだ』
うう、思い出すだけで笑える。だって本当のゆいは、食べかけのステーキをゴミ箱に放り込めるような女。実際のところ、あの子の被《かぶ》ってる皮こそ、最強の人工素材って気がする。

＊

よくできた人工物でも、人によっては「でも人工だし」と言われる。それは答えになってないと思うんだけど、とにかく「自然」で「天然」じゃないといけないと言う人は、結構いる。

でまたこれがさあ、オトコに多いんだよね。

いるじゃん、食材は天然じゃないと、とかいう奴《やつ》。あと偽《にせ》おっぱいはパッドすら認めないとか、整形を叩《たた》くとか化粧を嫌うとかさ。そのくせ天然風の技巧系ナチュラルメイクにころっとだまされてね。ま、そこは可愛いポイントか。

でもさ、おいしけりゃいいじゃん。綺麗《きれい》でなんの問題がある？　私的には、オーガニックでもねぼけた味の天然物や、手入れを怠ってるだけの汚い生足とかの方が、受け入れにくいんだけど。

まあね、ジャンクに生きてるから、そこはそれ。多様性大事。


夜に突然インターフォンが鳴るって、嫌な予感しかしない。

だから対応は慎重にしたいところなのに、後藤がさっと立ち上がる。

「宅配便じゃね？」

「ちょ、開ける前に確認――！」

「え？」

私が言い終わる前に、ドアを開けていた。こんの馬鹿《ばか》。なにこのガードの緩さ。都会に住んでるくせにここまで危機感がないのは、ヘテロ男子以前にこいつの性格の問題か。

私は部屋着のファスナーを上げ、ソファーに座りなおす。とりあえず、中を見られても大丈夫なカンジね。

涼しい風が、足もとをすうっと通り抜ける。秋だもんね。なんて思いつつルイボスティーをごくり。つか、寒い。開けてんの、長過ぎ。

「後藤。なにやってんの」

ハンコでもなくしたかな。もう、面倒くさい。私は立ち上がって、玄関の方へ近づいた。すると、後藤の様子がおかしい。

「え？　あの、それってつまり、どういう」

「だから、先ほどから申し上げているとおり、お時間があればぜひ、見ていただきたいと」

「でも、あなたは、一体」

どうやら、宅配便じゃなかったみたい。宗教の勧誘にでも捕まったかな。こいつ、相手が女だったりすると無下にできないし。

しょうがない。ここは私が退治してやるとするか。私は後藤の背中を軽く叩いて声をかける。

「チェンジ」

「え？　あ、小川。ちょうどよかった。俺、なんかよくわかんないんだけど」

するりと後藤の前に出る。と、次の瞬間、腹のあたりにどすんと衝撃を受けた。なんだこれ。もしかして私、刺された!?

なんじゃこりゃあ的結末、とか思っていると、痛くない。どころか、あったかい。やわらかい。

「ん？」

顔をそろりと下に向けると、私の胴体にタックルしている人間が見えた。その人物が、不意に顔を上げる。

「みきさん！　会いたかったー!!」

ぼんやりとした天然眉《てんねんまゆ》。秋冬になってもちょいダサめな服装。これは。

「マナミ、さん……」

どうしてここに？　つかなんで突然？　色々ぐるぐる考える私に向かって、マナミはにこにこと笑って言った。

「みきさん。私、来ちゃった」

こういうの、どっかで見たことある。ああ、実家のテレビで母親が見てた昔のドラマのテンプレシーンだ。

寒い季節。走ってきたのか、ほのかに赤い頬。服が古くさいのも、ある種リアリティ？

「え。あの、なんか約束、してましたっけ」

たぶんしてない。絶対してない。だっていきなり家とか。

「しましたよう。こないだメールで『今度会おうね』って」

うん。それは覚えてる。それで会う気がないから『うん、また会うきっかけがあるといいね』みたいな、適当な返事をしておいたはず。

「そう、だっけ？」

「もう、忘れちゃうなんてひどい！」

例によって「ぷんぷん」と擬音がつきそうなほど、頬を膨らませる。でもこれ、やる相手間違ってるよね？

「忘れてません。少なくとも今日、約束はしてないはずです」

そういうの、通じないからね。というメッセージを込めてきっぱり。

「でも私は、今日がその日だ！って思ったんだもん。これはみきさんに！って思うことがあったから。それって『きっかけ』でしょ？　違う？」

いやまあ、そこだけとれば違わないけど。

「だからこれ、はい！」

突き出されたのは、例によって赤いギンガムチェックの内布がついた籐《とう》のカゴ。

「えっと」

「絶対、みきさんは好きなはず。食べて？」

あ、もちろんこちらの方の分も入ってるから。マナミは背後に立ち尽くしている後藤を見て、にっこりと微笑《ほほえ》む。

「はあ、渡せた。任務完了」

「え？」

「夜分、お邪魔しました。失礼します」

ぺこりとお辞儀をして、マナミは去っていった。引き止めるつもりはないけど、一応夜だしと思って下を見ていると、タクシーを待たせていた。本物のお嬢様育ちは、後藤なんかよりずっと、防犯意識がしっかりしてる。

「えっと、なんかよくわかんないけど、要はこれを届けにきただけってこと？」

「……たぶん」

後藤にカゴを押しつけて、私はドアを閉める。

「つかさあ後藤、誰かも確認せずにドア、開けないでよ」

「あー、ごめんごめん」

「これ、開けなきゃ受け取らないですんだのに」

リビングに戻り、私はブランケットを引き寄せる。生足で外に出たから、すっかり冷えてしまった。

「あの子、どういう知り合い？」

「夏前のタワマン合コン。主催者の婚約者。マナミ。自宅でお料理教室やってる」

「婚約者？」

「そう。だから手を出してないし、そもそもタイプじゃない。でも妙に、なついてきたんだよね。たぶん女子校の名誉男子みたいなもんだと思うけど」

名誉男子。後藤が不思議そうにその言葉を繰り返す。

「もっと簡単に言うなら、宝塚の男役。現実的にセックスしたいわけじゃなくて、ファンタジーの世界できゃーきゃー言ってるみたいな」

「ああ、そういうのはわかる」

後藤はカゴをテーブルに置くと、無造作に蓋《ふた》を開けた。

「うわ。なにこれすげえ」

「凝ったおにぎりでも入ってた？」

「パンだよ。なんかすげえうまそうなサンドイッチと、ワインとブドウが入ってる」

あれ、おにぎり教室とかやってるんじゃなかったっけ。思わず覗《のぞ》き込むと、ふわりと甘い香りがした。

「俺の分もある、って言ってたよな。せっかくだし、食おうぜ」

「あんたねえ」

ホントは、このまま突き返すべきだと思った。でもそこまでするのも気がひけたし、何よりおにぎり女の作ったパンに興味がわいてしまった。冷えたから、ワイン飲みたかったし。

「あ、手紙入ってる」

つまみ上げた封筒を、後藤が手渡してきた。なんとなく、読まなくてもわかる気がしたけど、一応開ける。

『みきさんへ　前にお会いしたとき、梅干しと同じ梅で作った梅酒を喜んでくれましたよね。そこで問題です。このお料理に共通するものは、なーんだ？　マナミより』

うん。ブドウだよね。

私はワインのボトルを持ち上げると、後藤に栓を開けるよう頼んだ。そして中の料理を取り出そうとして、手が止まる。なにこれ。陶器の皿に載ってる。

「え？　じゃあこれって」

カゴを持ち上げてみると、かなり重い。タクシーで運んできたとはいえ、マナミの妥協しない根性に私はちょっと驚いた。

「すげえ。いきなりちゃんとしたパーティーになったな」

「――出せばすぐ食べられる、の究極形だね」

まず件《くだん》のブドウ。薄緑色のマスカット系。一粒ぷちんと取ると、驚くほど甘い。その隣にあったのは、枝つきのレーズン。色が黒じゃなくて緑がかってるのは、同じブドウを使っているというメッセージだろう。

「俺、こういう色の干しぶどうって初めて見た」

「お高いんですのよ」

サルタナレーズン。でもマナミのことだから、もっと凝ってマスカットから自作とかしてるかもしれない。なんか、干すのとか好きそうだし。

そしてメインのサンドイッチ。カナッペ風に盛りつけられているけど、まずパンがレーズンパン。小さめのそれを持ち上げると、ラムの香りがふわりと漂った。口に入れると、まずクリームチーズ。そしてそれを追いかけるように、ラムレーズンの濃い味が広がる。かりっとした歯ごたえは、ローストされたクルミだろうか。

「なんだこれ」

口に入れた後藤が、心の底から驚いた顔をしている。

「うん。すっごくおいしいね……」

正直、ちょっとマナミを舐《な》めてた。料理が上手《うま》いのはわかってたけど、基本はお惣《そう》菜系《ざいけい》っていうか、和食や家庭料理が得意なんだと思ってたから。

「後藤、ワイン。早く」

口の中の余韻が消えないうちに、とワインを含む。と、またびっくり。

「なに、これ……」

今度は私が、後藤と同じ反応をしてしまう。それを見た後藤が、同じようにワインを口に運ぶ。

「甘っ！」

確かにこのワインは、かなり甘い。でもそれがレーズン尽くしのサンドイッチと合わさると、口の中がすごいことになる。

お日様の匂《にお》いがするブドウと、夜の香りを含んだブドウ、その二つをチーズとナッツがつなぎ、さらにまったりと甘いワインが、永遠をたなびかせる。

ただの食べ物のはずなのに、時の流れを感じる。それはまるで、一枚の絵のように。

「えっと」

おいしいを超越した何かにとらわれて、うまく言葉が出ない。ものすごく興奮してるのに、ものすごく静かな気持ち。そしてそのまま、次のサンドイッチに手を伸ばす。

今度は同じパンに、レバーパテみたいなものと、薄くスライスされたレーズンバターが載っている。手で持つと、しっかり固い。もしかしてと思ってかじると、ものすごくクリスピー。同じパンを、ラスクにしてある。

かりかり、とろり。焦《こ》げたパンの香りと、パテのこってりとした旨味《うまみ》。そして絶妙なしょっぱさ。これはまさに、カロリーの味。ワインを含むと、あまじょっぱくてたまらない。こっちは、素直に人を興奮させる味だ。

「……すっごいね」

頭の悪い感想しか出てこない。でも、手が止まらない。ワインも止まらない。

「うん。なんだこれ、マジで。なんだろう？」

後藤も、同じことばかり繰り返している。いまうちは、頭の悪いやつ決定戦、みたいな状態だ。

サンドイッチの残りが少なくなってきたところで、ようやく一息つく。そしてワインのボトルを手に取り、恐ろしいことに気がついた。

「これ、貴腐ワインじゃない」

「へ？　なにそれ」

「だからさ」

こういうときこそ、ググれカス。そう言ってタブレットを放ると、後藤は素直にワードを打ち込んだ。

「へえ。菌でこうなるのか。すげえな。って、おい」

「なに」

「『貴腐ワインは、よくフォアグラと合わせられる』って書いてあるんだけど……」

て、ことはよ。私たちは、サンドイッチの上のレバーパテみたいなものを見つめる。

「これ、フォアグラってこと……？」

「いやいやいや。いくらお嬢様だからって、差し入れにそこまでするかあ？」

ただのレバーだろ。そう言う後藤に、私は首を振る。

これはたぶん、絶対にフォアグラ。このメニューの流れからいって、マナミはきっと、そこでだけ妥協なんてしない。

本気も本気。渾身《こんしん》の一品を食べさせられた私たちは、食後、軽く疲れていた。

「なんか、すごいもの食べたなあ」

「だよね。夕食食べたあとなのに、いくらでも入っちゃった」

コーヒーを淹《い》れて、またチーズとレーズンのマリアージュにびっくりしながら、私はため息をつく。完全なるカロリーオーバー。でも、後悔はない。

「マナミちゃんって、すごいんだな。あんなふんわり可愛くて、料理もうまくてさ」

おお、あのダサさを可愛いに変換できるか。さすが男子は見てるとこが違う。

「まあね。料理がうまいのは、本当によくわかった」

おにぎりじゃ落ちないけど、こういう攻撃を続けられたら落ちるかも。私の言葉に、後藤は軽く首を傾《かし》げる。

「そうか？　俺は確実に、おにぎりだな」

だろうね。ハムマヨだしね。鉄板の安心メニューが好きよね。そう思ってうなずいていると、後藤はあさっての方向から文句を言い出した。

「つかさあ、うまいけどこういうのって、なんか納得できないんだよなあ。果物は、デザートっていうか」

「は？」

だからデザートワインが添えられてたんじゃないの。私が言うと、後藤はうーんとうなる。

「だってメシの後に、またチーズとかレバーっておかしくない？」

「じゃあ前菜だと思えば？」

「それもなんかなあ。甘いんだかしょっぱいんだかわからないのって、メシ的に今イチなんだよね」

「……食事を、メシとメシのあてだけで考えるのってどうなの」

「え？　でも定食とかそうだろ。まずメシがあってさ。すべてはそこからっていうか」

それを聞いて、私は頭を抱えたくなる。

すべてを白米基準で考えるって、どうなの!?

＊

おいしいワインと、フルーティな一皿。そういうものを一緒に楽しめる男は、外国人にしかいないんだろうか。

「ああ、あっちのヒトや女の子はそういうの好きだよね。果物とチーズ使うのって」

崩れたイタリア人のような上司は、革靴をぴかぴか光らせながらうなずく。

「チーズにハチミツとか、肉料理にベリーソースとか、まあ、うまいけどね」

けど、のあたりに後藤と同じ匂いを感じる。

「けど、やっぱりメシのあてにはならない、ですか？」

「そうそう。小川くんは、さすが！　男心ってものをよくわかってるよねえ」

普通の企業で、普通の上司が発言してたら、ある種のセクハラ案件。でもこのブラック企業で、クズっぷりが見事な彼が言うから、私も笑える。

悪い条件が重なると、案外悪くない部分も出てくるといういい例だ。

だってほら、色々期待しないじゃない。低くて当たり前、と思ってると心も穏やかっていうか。

「まあ、そういう国に長く住んだら違うのかもしれないけどね。俺は苦手だな。レモンチキンとか、気が狂ってるとしか思えないね」

ま、それを出した女の子、イッちゃってるタイプだったから、ある意味正しかったのかな。上司は人当たりよい笑顔を浮かべながら、さらさらとひどいことを言う。あなたは白飯より、メンヘラが好物なのよね。

ちゃんと探せば、白米基準じゃない男性だっていることは知ってる。なんなら、一緒に自堕落な舌の楽しみを共有できる人だって存在はしてると思う。

ただ、絶対数が足りない。

私は『酢豚のパイナップル』や『ポテトサラダのリンゴ&ミカン』を嫌がる男を知ってるし、アップルソースをゲロだって言い張る男にも会ったことがある。なのに、そうじゃない側の人には出会ったことがない。

「そういうヒトはさ、そういう彼女と素敵ライフ送ってるから、出会う隙《すき》がないんじゃないの？」

ほら、例のタワマンの人たちみたいなさ。仲村さんが、パクチー山盛りのトムヤムラーメンを啜《すす》りながら言う。

「でも結局、あっちもおにぎりだったんですよ。まあ、それを表に出さないようなしつけを受けてたのが、お育ちの良さっていうか」

私はパッタイにライムを絞りまくって、軽くむせそうになる。

「表に出さなければ、いいじゃん。礼儀ってそういうことでしょ」

「そうなんですよねー」

たぶん、外で会ってたら気づかなかった。あそこに「マナミ」が「おにぎり」を持ち込んだから、仮面が剝《は》がれたのだ。あの人たちにとって、その組み合わせは「ほぼ家」だったから。

「本当はね、そこまで求めてないんですよ」

かおりは生春巻きに、小皿のスイートチリソースをとっぷりとつける。

「別に食の趣味が同じじゃなくたっていいんです。納豆食べられなくてもいいし、なんなら麺類《めんるい》主食だっていい。要するに、ディスるかディスらないかの問題で」

でもそれが、けっこう難しいんですよねえ。かおりの言葉に、仲村さんと私は激しくうなずく。

「結局そこなんだよね」

「まあ納豆はあれですけど、こっちが好きで食べてるものを『くさい』って表現するやつは、好きになれないです」

「あ、それ！」

私の言葉を聞いて、仲村さんがいきなり身を乗り出した。

「女だけどさ。いたわ、それ。学生時代、サークルに好き嫌いの多い女がいてさあ。ことあるごとに言ってた。『やだ、くさくて食べられない』って」

あれ、ムカついたなあ。仲村さんは、敵討《かたきう》ちのようにパクチーをもりもり頬張る。

「それ、絶対に対外政策ですよ。『ニオイの強いものとか、ダメなアタシ』アピール。でなきゃ、わざわざ言わないでしょ」

「そうそう。別にこっちは食べろって言ってないんだし。なのに、目の前で生姜焼《しょうが》き食べてる人に言うんだよ。『ショウガとか、あたし、くさくて無理』。ケンカ売ってんのかって思うよね。しかも、言うことに一貫性がないんだよ。お肉ってくさくて苦手、でもハンバーグは好き。みたいな」

もしかして、それが可愛いと思ってたんじゃないですかね。半ば呆《あき》れながら私が笑うと、かおりがさらに突っ込む。

「その女、甘いものとか絶対好きでしょ」

「ああ、『甘いもので出来たスイートなアタシ』系？」

仲村さんの言葉に、かおりはうなずく。

「でもま、それって結構『昭和』な手口ですけど」

「なに。ケンカ売ってる？」

「違いますよ。そういうのの元祖は『スイートなアタシ』だけど、最近っていうか、ちょっと前には『肉食女子』とかあったでしょう。要するに、バリエーションが増えたんですよ。甘いだけじゃ勝てないって」

ああ、やっぱりかおりは、就職先を間違えてる。そのＦＢＩもびっくりな情報解析能力とプロファイリング術は、なんかもっと生かせる道があるんじゃないかと思うんだけど。

「まあ、差異化ですよね。『甘い』がメジャーなら、そこから抜け出すにはどうしたらいいかって話で」

私の補足に仲村さんは「ふーん」とつぶやきながら、ふと箸《はし》を止める。

「でもさあ、それ、成功してる？」

あ、鋭い。

「だって『肉食女子』、モテてるイメージなかったよ。それでモテたのは、元々モテる要素のあった人だけって感じでさ」

「ってことは、つまり」

かおりはデザートの胡麻《ごま》団子に、ぷすりと楊枝《ようじ》を突き刺す。

「結局、王道はベタに『甘い』ってことよね」

みもふたもない。でもまあ、これが真実。

「まあ、ゆるふわ好きで、白米好きな男の方がメジャーってことですかね」

私はジャスミン茶を啜りながら、心の中でつぶやく。

白米白米ってお前ら、白飯食えずに死んだ時代のヒトの生まれ変わりか。

＊

生まれ変われるなら、そりゃあもう女の子になりたい。でも輪廻《りんね》の先は見えないから、とりあえず現状で努力する。戸籍や外科的な努力をしていないから、全力とは言えないのかもしれないけど。

新しくオープンする店舗に関する資料をまとめながら、私はふと手を止める。へえ、こんな地方にできるんだ。

「そうそう、珍しいよね。うちは都会から数駅、がデフォルトなのに」

向かいのデスクの女子が、情報を共有しながら言った。

「うん。数駅どころか、かなり離れてる。しかも近隣の都会近くに、お店あるし」

どういう出店計画なんだろう。私たちが話しているところに、えせイタリア人上司が通りかかる。

「ああ、それはね、『飛び石』」

「はい？」

「都会へ行くには怖いけど、そういう服も買ってみたいな。でも都会手前の街もちょっと遠いし、やっぱり少し怖いな。そういう子のための、飛び石。踏み切り板、みたいな？」

なるほど。それならわかる。マップで近隣を調べても、ショッピングモールすらない立地だし。

「だからこの店のラインナップは、都会よりの店より、ちょいダサめにしといて。ちょいダサっていうか、親が許す感じで」

「ああ、『こういうのならいいわよ』ですか」

「そうそう。最初から押し倒したら嫌われるから。だからソフトに、和姦《わかん》めざして。まずはご紹介から」

表現がくそキモいのはおいといて、言ってる内容はうなずける。うちは流行に乗っかってるだけの安売りブランドだけど、それでも「都会的」で「エッジー」だと思い込んで、手を出せない人はいる。たとえば、田舎の中学生みたいな。

「金額的には、じゅうぶん買えますもんね。セール品なんて、ランチ一回我慢すれば手に入りますし」

そう言いながら、向かいの女の子は商品のデータを画面に上げる。ブラウス、スカート、ニット。色味は白と紺がベースで、アクセントはパールや金。まあ失敗しないパターンだ。ていうか、私も通ったライン。

化織の感触にフリルがついてるだけで、なんとなく「普段着じゃないぞ」って思える、あの感覚。

「わかってるねえ。ここに季節の色柄もの入れれば、いい感じに回せるでしょ」

「このショップをきっかけに、次の都会に近い方に来てもらおうってことなんですね」

そうそう、まさにそうだった。うなずきながら、自分も手のひらで転がされてた感があって、ちょっとだけくやしく思う。


女の子の服が着たくて、でもどうしたらいいかわからなかったあの頃。まず私は、自分の知っている素材でできた服に手を出した。綿だ。

ピンクっぽいTシャツの身頃を絞ってタイトにし、デニムを股下《またした》で切ってスカートにリメイク。店に行く勇気もなく、通販が家族にバレることを恐れた私のファーストチョイス。振り返るだに、涙ぐましい手作り感。

だから、今でも覚えてる。

うちみたいな店に入って、セール品のラックから慌《あわ》てて選んだのは、フリルつきのブラウスとミニスカート。化繊の生地におそるおそる腕を通したときの、あのひんやりとした感触。ミニスカートの、心もとないほど自由な感じ。ああ、これが女の子のお洋服だって、すごく感じた。

「ふうん。いいね。悩める地方女子を救う店」

ゆいがコールドプレスのジュースを啜りながら、にっこりと微笑む。仕事終わりに待ち合わせたジューススタンドは、ゆいの働く店のすぐ近くにある。

「——マジでいいと思ってる？」

「思ってるよ〜。だってイナカのくそダサ女が、そこそこ見れるようになるわけでしょ？」

優しさのかけらもない言葉が、どかすか打ち出される。

「……仕事で、やなことでもあった？」

「別にないよ〜。ただ、観光客っぽいお客さんはきたけど」

ゆいの働く店は、いわゆるセレクトショップ。つまりオーナーやらバイヤーのお眼鏡にかなった品物だけを、元値に上乗せして売っている。

「言うだろうと思ってたこと、ぜんぶ言ってくれただけ〜。『何これ？　ただの白い

Tシャツが一万円？　トートバッグが七千円？　意味わかんない！』だって。この店の意味がわかってないのは、お前の方だっての」

セレクトショップは、その店のセンスを売っているようなものだ。違うブランドの品を、より似合うように組み合わせて提案している。お客はその付加価値にお金を払うわけなんだけど、それが理解できない人も中にはいる。

「目に見えないものを売ってるんだとは、言いにくいよね」

「だよ」

ゆいはジュースの残りをずごご、と吸い込む。

「あのTシャツはさ、洗濯機で洗えるのに、ラインがずっとキレイなの。トートは使えば使うほどいい感じにくたびれて、ほころびてもカッコいいの」

「うん」

「それをさあ、数回洗濯したらパジャマっぽくなるようなモノと、値段だけで比べられてもさあ」

カップをゴミ箱に叩き込んで、ゆいはにっこりと笑う。

「田舎者ってさ、場所のことじゃないよね。ださい心を持ってるやつのことを、言うんだよ」

「ああ、それ今日、似たような話したよ」

そこで私は、ランチのときの「ディスらなきゃいいのに」をゆいに聞かせた。

「あー、それそれ！　別に高いと思ってもいいし、何これ、って思ってもいいの。こっちは無理に売りつけようとしてないしさ」

それを、馬鹿正直に口に出すから。ゆいの言葉に、私はうなずく。

「バカなんでしょ」

そこでようやく、ゆいが本当に笑った。

私たちは、少し涼しくなった夜の中をゆっくりと歩く。九時過ぎに営業してて、しかも賑《にぎ》わってるジュースタンド。川沿いに並ぶのは、個人営業のカフェやバー。そしてシャツワンピに、紺のカーディガンとスニーカーを合わせたファッションのゆい。

東京だなあ、って思う。

「音楽でも聴く？」

イヤフォンを差し出されて、私はうなずく。ゆいのセレクトは、これまたお洒落なフレンチポップ。

女の子同士でイヤフォンを分け合いながら、腕を組んで歩く。それにことさら注目する人もいない。

ずっとこのままでいたいなあ、って思う。

ずっとこのままでいようっと、って思う。

他人どころか、自分からの突っ込みすら、否定したい気分で。

＊

ところでこれ、どうしよう。家に帰り、籐のカゴを前にして私はため息をつく。家に持っていくのは嫌だけど、宅配便で送りつけるのは失礼。かといってマナミを外に呼び出すのも、別の意味に受け取られそうで問題がある。

いっそ、かおりについてきてもらうとか。

(——女子会的な言い方なら、なんとかいける?)

ぐずぐず悩む私の横を、後藤がメロンパンを食べつつ通り過ぎる。そのすねを引っかけたくなったけど、ぐっと我慢。

「砂糖が落ちるから、歩き食べはやめて」

「え?　ああ、ごめん」

後藤は何を思ったのか、その場で残りのパンを全部口に入れた。

「ほれ、ほうすんの」

それ、どうすんの。と言いたいらしい。

「私が聞きたいくらいなんだけど」

パンをごくりと呑《の》み込んだ後藤は、大きく息をついてうなずく。

「マナミちゃん、呼べばいいじゃん」

そりゃあんたは、可愛《かわい》いって言ってたし。

「いや無理でしょ。男が同居してる家に呼ぶとか」

「んじゃ、外で会うとか？　バーベキューでもする？」

「むしろそっちの方がめんどくさい」

「なんだよ、小川にしちゃすっきりしないな」

むっとした私は、後藤のすねに蹴《け》りを入れる。

「いって！」

足を抱えてしゃがみこんだ後藤を見て、軽く自己嫌悪《けんお》。ムカつくのは、当たってるから。

正直なところ、私はマナミをどう扱ったらいいかわからない。知り合いって距離を保てそうな雰囲気じゃないし、かといって友達付き合いをする気もない。あれ以来メールも電話もないところは節度を感じるけど、あんなエッジーな料理を突きつけてきた時点で、なんか越えてるし。あと、それ食べちゃった時点で、なんか負けてる気がするし。

そんなことをぐずぐず考えていると、突然スマホが鳴った。画面を見ると、マナミから。

(うわ)

相思相愛、的なタイミング。つかの間出るのをためらったけど、どっちにしろ連絡はしなくちゃいけないんだと思い、覚悟を決めた。

『ごめんなさい!』

開口一番、聞こえてきたのは意外な言葉。

「え?」

『みきさん、ごめんなさい! 今からそちらに行くことになっちゃった』

「はい?」

『ケンイチくんが、どうしても行くくって』

ケンイチ、はあれだ。マナミの婚約者で、こないだの合コンの主催者。でもなんで彼が突然? てかもしかして、私、間男みたいな位置づけにされてたりする?

「いや、急に言われても……」

『ごめんなさいごめんなさい！　あ、ケンイチくんが来たからもう切ります！』

お嬢様らしくない勢いで、通話が打ち切られた。私は呆然《ぼうぜん》と、手の中のスマホを見つめる。

「どうした？」

後藤にたずねられて、私は首を傾げる。

「なんかよくわかんないけど、来るって。マナミ」

「お、なにそれ。いいじゃん。三人で飲もうぜ」

「いや、四人。婚約者も一緒だって」

「あっそう」

たいしてがっかりした顔もせず、後藤はキッチンへ行ってヤカンに水を入れはじめる。

「なにやってんの」

「え？　あー、なんか、とりあえずお茶とか出すかと思って」

それを聞いて、へえ、と思う。こいつ、応用編に入ったな。

「あのさ。もしかしてだけど、迷惑かけるかも」

「なんだよそれ」

「だって彼氏が急に押しかけるって、ヤバげだし」

私の言葉で、後藤がぎょっとしたように振り返る。

「お前、マナミちゃんに手出したの？」

「出すわけないでしょ。ていうか、合コンと家に来たとき以外、会ってないから」

じゃあ別にまずいことはないんだな。後藤に言われて、私はうなずく。

「ただ、なんかちょっとヘンなテンションだったから——」

まあ、着替えたよね。襲撃に備えて。


どうなるかわからないときは、とにかく動ける格好。てことで選んだのは、タイトなカッティングのニットワンピに黒いレギンス。頭からかぶって、さっと全身を整える。メイクは時間がかかるから、アイラインとリップだけ。

そして、インターフォンが鳴る。

ドアを開けたとき、ケンイチは笑顔だった。

「みきちゃん、こんばんは。急に押しかけてごめんね」

お前も「来ちゃった」かよ。似たもののカップルか。

「あー、はい」

その後ろでマナミが、申し訳なさそうな顔をしてうなだれている。

よくわかんないけど、超絶面倒くさそう。そう思ったところで、先手を打たれた。

「お邪魔しても、いいかな」

「すっごい汚いですよ。狭いし」

それにカゴなら、もうここにありますから。そう言って手渡そうとすると、ケンイチは逆に包みを押しつけてくる。

「ワイン持ってきたから」

お茶で済ませたかったなー。

「大丈夫、使い捨てのグラスと軽いスナックも持ってきたし」

いやいや、その「圧」、全然大丈夫じゃない。

「お邪魔しまーす」

ずかずかと入り込む。すげーな。初めての家で。でも、靴は揃《そろ》えてるのね。

「夜分にすみません、みきさん……」

ケンイチの後ろからついて来たマナミが、うつむきながら紙袋を差し出す。

「――いいよ。なんかわかんないけど」

だってなんだか、この場で一番あんたがつらそうだし。

「ケンイチさん、怒ってるの？」

小声でたずねると、マナミは視線でうなずく。それに返事をしようとしたところで、廊下の向こうから声がした。

「マナミ、せっかくお邪魔してるのに、玄関で立ち話なんて失礼だよ」

うわあ。なんだこれ。ケンイチってこんなキャラだったっけ。ぞっとした私が「うへえ」という表情を浮かべてみせると、マナミは少しだけ笑った。

さあ、開戦だ。ゴングを鳴らせ。

＊

我が家の小さいテーブルの上に、カップがみっしりと並んでいる。

「いやあ、来るって言うから、先にお茶入れちゃってて」

後藤の、天然先制パンチ。

「あ、俺後藤って言います。みきの友達で、ここに住んでます」

にこにこと自己紹介する後藤に、ケンイチも会釈《えしゃく》を返す。

「みきちゃんから聞いてるかもしれませんが、俺はケンイチです。こっちはマナミ。俺たちは、婚約してます」

「へえ、それはおめでとうございます」

英語の教科書に出てくるような、当たり前すぎてなんか不穏な会話。

「ありがとうございます」

「紅茶、いただきます」

思いっきりティーバッグの、量産品紅茶。それをマナミとケンイチは、きちんとした姿勢で口に運ぶ。

「ところで、用件は何ですか？」

私がたずねると、ケンイチはカップを置いて両手を膝《ひざ》の間で組む。

「まずは、謝らないといけないな」

「え？」

「マナミが、突然お邪魔した上に、料理を押しつけたって聞いたから。迷惑かけて、ごめん」

いやそれ、あんたが謝ることじゃねえだろ。そう言おうとしたが、我慢して様子を見ることにする。まずはこの話の着地点を見極めないと。

「マナミはね、気に入った人に自分の料理を押しつける癖があるんですよ」

「いいじゃないですか。お菓子を焼いて持っていくとか、よくあることですよ」

「まあ、そういうレベルなら問題はないんだけど。でも彼女、一応『先生』だから。重箱三段重ねとか、このバスケットみたいの作っちゃうんだよね。それ、人によっては食べきれなかったり、ひいたりするでしょ」

「一応」ってなんだ。「主宰」を毛嫌いするかおりには悪いけど、少なくともマナミの料理は、プロの味だった。それを婚約者のあんたが、落としてどうする。

「程度を考えるように、ってよく言ってるんだけど。そのせいで、お詫《わ》びすることも多いし」

「——別にお詫びはいらないんじゃないかなあ」

だってうまかったし、と言う後藤にケンイチはにこりと笑いかける。

「ありがとう。後藤さんは優しいな」

許してくれて、お礼を言わなきゃ。そう言って、ケンイチはマナミに微笑《ほほえ》みかける。

「ありがとうございます」

こういうの、どっかで見たことある。ああそっか、ドラマだ。きっつい家庭ドラマで、モラルハラスメントの夫がよくこういう態度をとってる。

「でも本当に、おいしかったですよ。ああいう食べ方、したことなかったから新鮮で。なんていうか、ブドウの全《すべ》ての時代を味わうって感じで」

私の言葉に、マナミがぱっと顔をほころばせる。うんうん。やっぱ笑顔だよ。タイプじゃないとかそういうのは、おいといてさ。

「ブドウ……？」

おにぎりじゃないの、とケンイチがマナミにたずねる。

「うん。夜だったし、食後だったら申し訳ないから、デザート的にも食べられるものを、って思って――」

すごい、大当たり。こと食に関して、マナミは本当に鋭い。

「でもみきさん、すごい。時の流れ、っていうのをわかってくれるなんて」

一瞬、ケンイチが険しい表情になる。

「いやまあ、だって梅干しとかもそうでしょ。こないだのパーティーで、梅酒も飲ませてもらったし」

打ち消すように言いながら、気づく。そうか、ヒントは貰《もら》ってたのか。するとマナミが、いきなり身を乗り出した。

「そう！　そうなの。私ね、時間が作り上げるお料理に、すごく興味があるの」

「それって、漬け物とか、そういうの？」

後藤の質問に、マナミはこくりとうなずく。

「お漬け物やお酒もそうだけど、煮物を置いておいて味を染《し》み込ませたり、おにぎりの塩がお米になじんで保湿したり、時間で変わるものって多いんです。それがすごく不思議で、自分じゃない何か――お料理の神さまとかみたいな存在を感じるんです」

うわあ。悪いけどこういう言い方、やっぱ苦手。

そんなマナミに、ケンイチが微笑む。

「本当に、いつもこうなんだよ。料理に関してだけは、こういっちゃなんだけど、求道的っていうか」

うん、オタクって言いたいんでしょ。

「で、それをそのとき一番気に入ってる人のところに、押しつける。困った趣味だろう？」

まあ、ここまで聞くとケンイチの言い分もちょっとわかる。その証拠に、マナミはさっきの沈鬱《ちんうつ》な表情から一転、「えへ」的な笑みを浮かべている。

（心配して損した）

ただの痴話喧嘩《ちわげんか》、どころか彼らの通常営業か。「彼女が迷惑かけてごめん」からの

「やだあ、ごめんなさい」プレイ？　あーあ。

マナミのお土産でも食べなきゃ、やってられない。

「そういえば、いただいたもの開けようか」

「あ、俺ワイン開けるよ」

ケンイチの申し出を受けて、私は紙袋に手をかける。しかし、それを覗《のぞ》いて軽くがっかりした。市販品か。

パーティー用のプラカップに注がれたワインは、お高い味。でも、それ以上の何かはない。そしてスナックにいたっては、パッケージがお洒落《しゃれ》なだけで、うまくもないチーズクラッカー。比喩《ひゆ》じゃなく湿気《しけ》てるのが皮肉。

(ケンイチセレクトか)

もそもそと頬張って、ワインをひとくち。当然、なんのマリアージュも起こりはしない。なのにケンイチは、にこにこと次に手を伸ばす。

「このワイン、当たり年なんだって」

「うん。ワイン、うまいね」

後藤ですら、次のクラッカーに手を伸ばさない。微妙な空気の中、マナミがぽつりとつぶやく。

「――ケンくん。これ、ちょっとだけアレンジしてもいいかな？」

「いいけど、またすごくしないでくれよな。ヘンなクリームとか、具とか載っけるんじゃなくてさ」

いやそっち食べたいんですけど。私と後藤が声を出さずに叫ぶ。

「みきさん、オーブントースター、お借りしていい？」

「もちろん」

狭いキッチンに案内すると、マナミは手早く網の上にクラッカーを並べる。

「もしかして、焼き直し？」

思わずつぶやくと、マナミはにっこりと笑う。

「そう。時を、巻き戻すの」

そしてほんの数分。チン、と音がしたときには、チーズがほどよく焦《こ》げて香ばしいクラッカーが出来上がっていた。

「うわあ、うまそう」

すかさず後藤が手を伸ばす。もちろん、私も。

あつあつで、サクサクで、うまうま。ワインが高級すぎるのが難だけど、とりあえず「おいしい組み合わせ」にはなった。

けれどケンイチは慣れているのか、さっきと同じテンションで食べている。この贅《ぜい》沢者《たくもの》め。

「でもまあ、今回はちょっと驚いたな」

「ん？　何が？」

おいしいものを口にして、すっかりリラックスしたマナミが小首を傾げる。

「マナミが料理押しつけるのって、今まで女の子ばっかりだったからさ」

そりゃそうだろう。舌が自由な人間は、圧倒的に女子の方が多い。

「つうか、男に行ってたら、ケンイチさん妬《や》くっしょ」

後藤の言葉に、ケンイチは苦笑する。

「まあね。でもほら、みきちゃんも、そっち寄りでしょ」

「ケンくん、失礼だよ」

マナミが一瞬、本気で相手をたしなめる表情を浮かべた。

「ああ、ごめんね。言い方が悪かった。でも普通じゃないのは、ホントだよね」

「それはまあ――そうですね」

たぶん今後会わないし。会う気もないし。そう思って、スルーする。

「でもさ、よく考えたらすごいよね。こういう格好してたら、女の子に近づき放題じゃない」

だからわざわざ視察に来たのか。うざ。そう思って黙っていると、ケンイチが軽く酔ったのか、さらに続ける。

「まあでもさ、家がわかってよかったよ。正直、こっちで会う方が気が楽だ」

「それってどういう意味？」

私の質問に、マナミがあっという顔をする。けれどケンイチは馬鹿《ばか》正直に答えた。

「うちの方はさ、親とか親戚《しんせき》とか、うるさいからね。家に招くのはそれなりの相手じゃないと、見つかったとき面倒なんだよ」

ふうん。それなりの相手ねえ。

「でも俺はみきちゃん可愛いと思うし、マナミが会うのも許せるよ。ただ、きちんとした場所には、なあ」

別に私、あんたとマナミの家に行きたくないし、冠婚葬祭に呼べとも言ってないんだけど。もう、早く消えてくんないかなあ。

「ケンくん、もうおいとましよう」

今、車呼ぶから。マナミが再び、申し訳なさそうな顔で立ち上がる。

「にしても後藤さんも、すごいよな」

「俺のどこが、すごいんですか？」

「だってみきちゃんと住むって、なんか覚悟いるよね」

そりゃそうでしょ。あまりにも当たり前のことを言うので、逆に拍子抜けする。すると後藤が、のんびりとした声で答えた。

「覚悟？　まあ、そうですね。他人だし。誰と住むんだって、それなりの覚悟はいるでしょ」

いや、そういう意味じゃなくて。ケンイチの発言を、後藤はやんわりと遮る。

「つか、俺からしたら、マナミちゃんの方がすっげえ覚悟だなあって思いますよ」

「え？」

いきなり矛先を向けられて、マナミが戸惑う。

「だってこのままいけば、あなたと結婚するんですよね？　それは、すごい覚悟ですよ。だって普通嫌でしょ。自分を見下すような相手と一緒になるなんて」

「俺は別に、見下してなんかいないけど」

「そうですか。じゃあ言い方を変えますね。偉そうで、勝手で、人に対する礼儀を知らない。そんな奴《やつ》に優しく接したり、一緒に暮らすなんて、俺には到底無理。つか、『普通は』無理ゲーですよ」

え？　私は思わず、後藤の顔を二度見した。怒ってる？

「後藤さん、それはちょっと、言いすぎじゃないかな」

「いやあ、どの口が言ってんですかね。呼ばれてもない相手の家に来て、自分ちには呼べないとかって。何様ってやつだよなあ」

がたん、と音をたててケンイチが立ち上がった。それに応じるように、後藤もゆっくりと立ち上がる。

「――失礼な奴だな」

「あんたに言われたくないなあ」

「ちょっと、ケンカはやめてよ」

ソファーとテーブルが近すぎて、二人の間に入ることができない。すると後藤は私をちらりと見た。え。なにそれ。一体何のサイン？

「あんたに、小川の――みきの何がわかる」

そういえば、後藤が喧嘩してるとこって見たことなかった。どっちかっていうと、へらへらしながらうまくやってる感じだったから。

だからちょっと、驚いた。

「こいつは、それなりの奴なんですよ」

「いや、あれは言葉のあやで」

「理想の自分に向かって努力をしながら、毎日頑張ってる。偉い奴なんですやだ。なんかちょっと恥ずかしい。

「それをなんだ。一回か二回会っただけで、こいつのこと、わかったように言うな。

小川は、そんな薄っぺらい奴じゃないんだよ」

ちょっとじゃなくて、だいぶ恥ずかしい。

「えっと、ごめん。もしかして後藤さんって——あれなのかな。みきちゃんのこと——」

好きなのかな。ケンイチが言い終わる前に、後藤の手が出た。ワインを、ぴしゃりとひっかける。

「なにするんだ！」

「お前のちっさいものさしで、みきを計るな！」

うわあ。なにこれ本当に恥ずかしい。高校生じゃないんだし、なにこてこての会話してんのよ。私はいたたまれない気分で、二人を見つめる。

そしてこの流れならくるであろう、決定打が出た。

「小川は——みきは、どこに出しても恥ずかしくない、俺の大切な友達だ！」

あ、無理。

そう思った瞬間、私はスマホと財布を摑《つか》んで駆け出していた。

＊

「え」

「ちょ、小川」

そんな声が、聞こえたような気がした。けれど私は振り返らなかった。

走って、走って、走った。何かを振り切るように。何かを見ないように。

(無理。なんかもう、無理)

言いがかりは気にならない。ファイティングポーズが見えてる相手は、闘えばいいだけだ。なついてくる勘違い女だって、別にどうも思わない。

でも、恥ずかしいのは無理。私みたいな奴を褒めて、青春っぽいことを言う奴は、ホント駄目。恥ずかしくて恥ずかしくて、絶対耐えられない。私はそんな理解者なんて、求めてない。

いい加減息が切れたところで、私は見知らぬマンションのポーチに腰を下ろす。ふとスマホを見ると、メールとラインと電話がそれぞれ届いていた。メールはマナミからで、『今日は本当に申し訳ありませんでした。帰ります』と書いてある。ラインはかおりからで、どうやら後藤が連絡したらしい。

「『初家出おめでと』って——」

なにそれ。思わずつぶやいて、はっとした。家出？

「つか、私の家じゃん」

なんでこっちが逃げる必要があるのよ。冷静になって初めて、私は自分の行動のおかしさに気づいた。

（あいつ、追い出してやる）

家に向かってほとほと歩いていると、マンションの下に人影が見えた。

「よう、お帰り」

後藤がいつもの呑気《のんき》な顔で、手を振っている。

「ちょっとさ、コンビニ行こうぜ。飲み物ないし」

まあ、確かに喉《のど》は渇いてた。

夜の街を、並んで歩く。別に何の感情もない。

「あのさ、お年寄りって、たまにじいちゃんだかばあちゃんだかわかんなくね？」

「はあ？」

いきなり何を言いだすんだか。私が呆《あき》れた表情を浮かべても、後藤は意に介さない。

「赤ちゃんもさ、結構どっちかわかんねえじゃん」

「だからなんなの」

「男とか女とか、わかんなくてもいいかなって。だって、どっちかわかんなくても人間だし」

「はあ……」

「だからさ、甘いおかずもいいかなって」

「ごめん。マジで意味わかんないんだけど」

つと、後藤が足を止める。そして真剣な表情で、腕組みをした。

「それは、あれだ。えーと、マナミちゃんの料理、いや違う。でも甘くて、添え物っていうか、弁当の端っこに入ってる、メシのおかずにならないやつ——あ、煮豆だ！」

「煮豆が、どうしたの」

「煮豆だけじゃなくて、さつまいも煮た奴とか、酸《す》っぱい春雨サラダとか。今まで俺、そういうおかずって、存在意義を疑ってたんだけど。『おかずじゃねえじゃん』って」

話の方向が見えなくて、私は眉《まゆ》を寄せる。頰を、涼しい風がすっと撫《な》でてゆく。

「お前、言ってただろ。メシのあてだけで考えるなって。でさ、わかったんだよ」

ほう。ようやく「箸《はし》休め」という概念が理解できたと。

「小川はさ、メシのあてにならない料理みたいなもんだよ」

「はああっ!?」

「だってあいう小皿っぽいおかず、女子は好きだろ。あと、歳《とし》取ると好きになるよな。ひじきとかおからとか」

より一層、意味がわからない。すると後藤は、再び歩き出す。

「——ないと、それはそれで味気ないみたいな」

「あっそ」

「正直、今まではいらないと思ってたけど」

「ちょっと」

肩を軽くどつくと、後藤がにやりと笑った。

「ようやく、いつもの顔になった」

「うるさい」

ふいと横を向いて、顔をそらす。

「なあ。コンビニついたら、ビール買おうぜ」

「ああ、ワインはあんたがぶちまけちゃったもんね」

「てかさ、あのクラッカー、ワインよりビールだろ」

それは確かに。ケンイチセレクトは、そのあたりもまずかった。

「財政的には、発泡酒なんだけど」

「味が同じなら、充分だろ。別に『本物』なんて求めてないし」

歩きながら、笑いがこみ上げてくる。

空を見上げると、綺麗《きれい》な満月。

このままずっと、なんて思わない。

カロリーオフの発泡酒買って、早めに飲んで、明日に備えなきゃ。

「ほら、行くよ」

のんびりと歩く後藤の背中に肘《ひじ》打ちを入れて、私はコンビニの人工的な灯りを目指す。

さて。明日は何を着ようかな。

あとがき

闘う人が好きです。たとえ力が弱くても、心が弱くても、前を向こうとする人が好きです。生きることは困難で、でもその中で下らない冗談を言える人が好きです。みきと後藤は、そんな二人です。好きな人たちだったからか、書いている間、ずっと楽しかったです。

最後に、左記の方々に心からの感謝を捧《ささ》げます。

装幀《そうてい》の石川絢士《けんじ》さんは、今回はイラストを嵌《は》め込んだデザインにチャレンジして下さいました。その中心にあるのは、ふみふみこさんの作品です。柔らかいタッチなのに「みき」の芯《しん》を捉《とら》えていて、連載時からずっと好きだったので表紙にも描き下ろしていただきました。作品にずっと寄り添って下さったのは、女子的ワールドに理解のある「yom yom」の西村博一さん。西山奈々子さんには書籍化の際お世話になりました。そして校閲や販売、営業など様々な形でこの本に関わって下さった方々。家族と友人。大切なK。そして今、この頁《ページ》を読んで下さっているあなたに。

この世界を共に闘い、共に生きて、たまに笑いあえたら嬉《うれ》しいです。

文庫版あとがき

この作品をドラマにしていただいてから、たくさんの闘う同志の声を目にしました。それはドラマ版『女子的生活』が、とてもよくできていたからだと思います。ドラマのスタッフの皆さんや、主役の志尊さんをはじめとする役者の皆さんは、この作品にとても真摯《しんし》な姿勢で臨んで下さいました。私もそれに応《こた》えたくて、一話ごとに脚本家の方とやりとりを重ねました。そして出来上がった作品を観《み》て、私は感動しました。みきが、そこに生きていたからです。

世界はいまだに生きづらくて、見えないところでつらい思いをしている方も多いと思います。だから同志よ。それぞれの立場で、それぞれの闘い方をしている同志たちよ。笑いあおう。同じ空を見上げよう。絶望の横っ面を引っぱたいて、ハイタッチをしよう。いつかあなたに会える日まで、どうぞ元気で。

空を愛する　坂木司より

特別インタビュー

みきを生きて

志尊淳

――ドラマ「女子的生活」（二〇一八年一月、NHK　ドラマ10にて全四話で放映）の小川みき役は、どのような形でオファーがあったのでしょうか。

正式なオファーをいただく前に、プロデューサーの三鬼《みき》さんと演出の新田さんから「こういう作品があるのですが」と単行本をいただきました。みきがひとりの女性として強く逞《たくま》しく生きる姿がとても魅力的で。読み終えたあとでお二人とお話ししたとき、「僕らの舟に乗ってもらえませんか？」と言って下さって……。「ぜひ！」と即答しました。

――トランスジェンダーの女性の役を演じることに対して、戸惑いはありませんでしたか？

役の性的指向が自分と違うからお断りする、という選択肢は僕のなかにはなかったです。セクシャル・マイノリティであることは、みきがもったくさんの個性のうちのひとつだと思っています。それに……自分とは違う個性をもつ人ですが、僕はみきのことがすごく好きになったんです。みきをもっと知りたい、もっとわかりたい、と心を寄せたくなった。自分と同じヘテロ・セクシャルの男性の役でも、どうしても好きになれない、共有できるものがない、と悩むこともあります。その役を好きになれるかどうかに性別は関係ないんですよね。でも、役作りは同性の役とは違う部分も多くて、大変ではありました。

――どういった役作りだったのでしょうか。

ご自身も当事者であり、当事者の方々に向けた「乙女塾」でレクチャーしているさつきぽん（西原《にしはら》さつきさん）にトランスジェンダー指導を受けました。ミックスボイスという、地声と裏声が混ざったような中間の声で話す練習だったり、美しく見える歩き方や仕草だったり。みきの所作についてはとにかく長時間練習して、自分の身体に叩《たた》き込むような感じでした。毎日八時間くらいトレーニングをしつつ、精神面の役作りもして。

ガールズ・トークの作法

——精神面ではどういったことを？

女性同士の会話や関係性について、摑《つか》みきれない部分があって……。例えば、みきとゆいが出会う合コンの場面での「——このゆとりビッチ」というフレーズ。こんなこと言うんだ!?とびっくりするような強烈な言葉なのですが、心の中ではもっと激しいことを思っていたりする。最初はあまり理解できなかったんですけど、あるとき、さつきぽんとエチュードをする機会がありました。台本なしのフリートークで、二人でおしゃべりしたんです。内容は僕自身の言葉、でも話し方や仕草はみきで。十分二十分で途切れちゃうかと思ったのですが、一時間くらい続けられた。間合いやリアクションをあれこれ試しつつ、さつきぽんのこともじっくり観察しながら話しました。そのときに、いわゆるガールズ・トークのノリやテンポ感が自分のなかに入ってくるような感覚があったんです。

——すごく実践的な指導なんですね。

「トランスジェンダーだからこうするべき」と押しつけるようなものはまったくあり

ませんでした。何をもって「女性らしい」とするかは人それぞれ。正解はないので、みきならどうするかという視点で常に考えるようにしていました。

――「女性らしく」よりも「みきらしく」ということですね。

そうなんです。みきは前髪をセンター分けにして額を出しているんですが、本当は前髪を作った方が男性性が抑えられて、女の子らしく見える傾向にあります。でもみきは自分に自信があるので、あえてのセンター分け。これは新田さんのアイデアなのですが、すごくわかるな、と思いました。僕も前髪をあげる自信がどうしても持てない時期があったので……。おでこを出すのって、勇気がいるんですよね。ドラマのラストシーンで、みきは髪を切って、前髪を作ります。これは「ほら、かわいくすることだって出来るんだからね」という、みきらしい挑発的な場面になっていたらいいなと。

ほかにも、背を低く見せるために猫背になったりは絶対にしないし、足を綺麗《きれい》に見せたいからヒールを履く。僕が思うみきはそういう女性です。頑固に、筋を通してみきを演じたいという気持ちで、制作の方たちと議論することもありました。

――どういう場面で議論なさったのでしょうか。

後藤が無神経なことを言ったときなどに、みきがドスの利《き》いた低い声でドン！と怒ると、迫力も出てコミカルな場面になりますよね。ただ、僕はそれは違うと思いました。みきはトランスジェンダーですが、そのまえにひとりの女性です。男っぽい声をわざと出せば笑いに繋《つな》がるのですが、みきの人間像を崩すようなことはしたくありませんでした。

「自殺を考えていたけれど……」

――徹底的にみきに寄り添った役作りですね。

でも、第一回がオンエアされて反響が聞こえてくるまではとても不安で、怖かったです。これまでにはやったことのない役柄でしたし、本当に女性に見えているか、当事者の方たちからはどう受け取られるだろうか、などいろんな心配があって。

――結果、反響はどうでしたか？

自分が思っていた以上の反響で……。しかも、回を追うごとにそれが増している感じもしました。「どうして四話で終わっちゃうの、もっと観《み》たい」と言っていただいたり。当事者の方たちが、みきを好意的に受け取って下さる声もたくさん届いて、すごく嬉《うれ》しかったたです。なかでも忘れられないのは、自殺を考えていたトランスジェンダーの方からお手紙をいただいたこと。「みきの生き方を見てすごく自信が持てた、これから頑張っていこうという気持ちになった」と書かれていました。『女子的生活』はエンターテインメントなので、当事者の方に限らずどんな方にも楽しんで観てほしいと思っていましたが、実際に悩んでいる方の力になれたとしたら、やっぱりそれは大きな喜びです。

——みきを演じて、セクシャル・マイノリティについての捉《とら》え方に変化はありましたか？

オファーをいただいたときから、こういった役に取り組むからには、責任が生じると思っていました。背負うものがあると。役を演じるだけではなく、みきを演じた者として発言できることは、ドラマが終わってからも発信していくべきだと思っています。例えば、「女装の役やってたよね？」と言われたとき、いや、「女装」じゃないんですよ、と。そこは曖昧《あいまい》にせず、正しく発信していきたい。何が「正しい」ことなのか難しいときもありますが、考え続けていきたいですね。

——ドラマ「女子的生活」は「ギャラクシー賞　1月度月間賞」を受賞し、また志尊さんもこの作品で「第11回 コンフィデンスアワード・ドラマ賞 主演男優賞」と「文化庁芸術祭　放送個人賞」を受賞なさいました。

もちろん賞がすべてではないのですが、俳優として評価されるひとつの形として、すごく嬉しかったです。八年の俳優生活で賞をいただいたのは初めてでしたし。ただ、僕個人でいただいた賞ではなく、スタッフの方々みんなで得た賞なんです。プロデューサーさんや演出の方、さつきぽん、僕がみきに見えるように工夫を凝らして下さったヘアメイクさんや衣装さん……。そういった方々のお力が集まったからこそ、みきを全力で生きることができました。

——志尊淳がトランスジェンダーを演じる、とネットニュースにもなりました。

社会や世間の在り方がもっと進化して、セクシャル・マイノリティの役を演じることがごく当たり前に受け止められるようになるといいなと思ったりもします。そんななかで「女子的生活」パート2をやれたらいいですね。

「人」として憧れる存在

——続編ですか！　それはぜひ観たいです。

僕の肌が少しでもツヤツヤしているうちに、ぜひ原作をお願いします（笑）。第二弾ともなれば、求められるハードルはさらに上がると思うのですが、自信はあります！

――次はみきのどんな局面を演じてみたいですか？

ドラマの最終話でまっちー（町田啓太さん）演じる後藤が出て行ってしまうのですが、それがすごく寂しくて……。みきという人物が作れたのは、後藤の存在がすごく大きかったんです。彼との掛け合いのなかで、みきという人物を掴んでいくことができた。外での顔と家での顔を、極端な二面性にするのではなく、ナチュラルに演じ分けたいなと思っていたのですが、家でのみきをのびのび演じられたのはまっちーのおかげ。だから後藤とのコンビはぜひ復活させたいです！　でも、ひとりで颯爽《さっそう》と女子的生活を謳歌《おうか》するみきも演じてみたい。それに、新しい登場人物とも出会いたい。ものすごい曲者とか。これ以上曲者が出てくるのかって感じもしますが（笑）。

――最後に、志尊さんにとってみきとはどんな女性ですか？

好きなものは好き、やりたいことをやる、という強さ、まずはそこに惹《ひ》かれます。でも強いだけではなくて、セクシャル・マイノリティとしての将来の不安も抱えていますよね。自分と同じ立場で誰かが生きてきた道が明確にはないですから。そんな先の見えないなかで前を向いて進んでいる。繊細な悩みを抱えながら、それでも強く生きようとする。それがみきの魅力だと思います。「人」として憧れる存在ですね。

（平成三十一年二月、俳優）

解説

大矢博子

坂木司はもともとファンの多い作家だが、本書『女子的生活』をファン以外にも一気に広めたのはNHKでのドラマ化だ。二〇一八年一月から全四回にわたって放送された。ドラマを見て原作に手を伸ばした方も多いだろうし、逆に原作ファンでドラマを楽しみに見た人もたくさんいただろう。

私は原作が先だった。これをどうドラマにするのかなとわくわくしながら第一回を見た。そのときの衝撃たるや！　ヒロイン・小川みきを演じた〝主演女優〟に、目が釘付《くぎづ》けになった。美しい。所作も素晴らしくきれい。正直なところ序盤は、セリフだのストーリーだのより、とにかくヒロインの一挙手一投足に見入ってしまったのだ。

ところが、である。

回が進むにつれて、いつしか私の中に変化が起きた。最終回では、私はもう〝美しき主演女優〟を見てはいなかった。小川みきというひとりの女性を見ていたのである。

この感覚には覚えがある。原作を読んだときと同じだ。第一話ではみきの設定に目が行った。だが最終話を読む頃には、みき自身を見ていた。

この変化こそが、本書が持つ力である。

物語は、アパレルメーカーに勤める小川みきの、出勤前のひとときから始まる。お気に入りのアッパーな音楽で目覚め、朝食はカルディで買ったアップルシナモンフレーバーのシリアルに、ヨーグルトをプラス。洋服選びは季節と相談。足に自信があるからフレアのショーパン、トップスはエアリーなブラウス。ゆるふわモテ系ファッションだけど、女子ウケが悪いからメイクの一部をクールに決めてカーキのジャケットを合わせる。時間がなくてもベースメイクに手は抜かない。出かける前に鏡の前で一回転。

おお、なんて優雅なガールズライフ！

絵に描いたような女子の朝である。同じような朝を過ごしている人、こういうのに憧《あこが》れる人、たいへんだなあと半ば呆《あき》れる人、何言ってんのか意味がさっぱりわからない人——受ける印象はさまざまだろうが、このあともローズヒップティーだのお洋服のシェアだのと、怒濤《どとう》のごとく押し寄せるガーリー・ワードに溺《おぼ》れること必至。だが、これも著者の手なので、たとえ意味がよくわからずともぐいぐい読み続けていただきたい。

ある日、みきが仕事から帰ると部屋の前に男がいた。高校の同級生だった後藤だ。元カノの借金のとばっちりで、住むところがないと言う。部屋に入れたのが運の尽き、そのままなし崩しに同居することに……。ちょっと、なんで私が男と住まなきゃなんないわけ!?

というのが第一話の流れだが、この説明だと、同居もののラブコメとしか思えないだろう。さーて、ここからどうしたものか。というのも、ここまで私は一切嘘《うそ》は書いていないが、敢えて触れてないことがあるのだ。

それがファーストサプライズであり、テーマにも直結する重要な要素なので、ぜひ前情報なしで読んでほしいというのが私の本音だ。ほんとびっくりするから！　坂木司はもともとミステリ作家である。読み返したらあちらこちらに実にフェアな伏線が張られていたことに驚くぞ。

だが、すでにドラマを見ている人には自明だし、この解説の前にはその〝主演女優〟のインタビューが入ってるわけで、ここで隠すことに意味があるんだろうか。でもドラマは見てなくて、この解説を先に読んでいる人もいるかもしれないしなあ。とまれ、この設定をすべて隠したまま本書を紹介するのは困難なので、ざっくりふんわり書く。

みきは、ヘテロの女子とは少々(?)異なるセクシャリティの持ち主なのである。

具体的にどういうことかは読んでいただくとして、本書はそんなみきの生活を描いた連作短編だ。合コンや仕事で出会った人、昔の同級生など、いろんな人と関わる中でのみきの闘いが、パワフル且《か》つコミカルに綴《つづ》られていく。

まず、浮かび上がるのはセクシャルマイノリティに対する無知や偏見との闘いだ。後藤がみきと再会したとき、いくつかの単語を羅列する。ドラマではマイルドな表現に変えられていたが、小説はかなり直接的な——そしてかつてはそれが失礼だという認識もないまま頻繁に使われていた言葉が並ぶ。他にも、はっきり貶《おとし》める目的でひどい言葉を使う人や、それが差別だという意識はまったくなくナチュラルに「普通じゃない」という評価を下す人が登場する。あるいは逆に、「かっこいい」と神格化する人もいる。

彼らに対してみきがどう対応するかが、第一話のサプライズに続く本書のふたつ目の読みどころである。

これが実に楽しい! ユーモラスなツッコミと寸鉄人を刺す一言でずばずば切り込んでいく。その語彙《ごい》の豊富さときたら、笑いが止まらない。もちろん悩みも不安もある。あって当たり前。でもそれは私の問題で、アンタに何のカンケーがある？とばかりにハイヒールで踏み砕く。実に痛快だ。何度心の中で拍手喝采《かっさい》したことか！

だが、みきが相手にするのはセクシャルマイノリティへの偏見だけではない。むしろそこから先が真骨頂である。

勝手なドリームを女に押し付ける男、テンプレ思考の男、自己愛の強いかまってちゃん、毒親、意識高い系家庭的アピール女、他人見下しマウンティング女。「いるいるぅ」と身悶《みもだ》えしたくなるような奴《やつ》らを向こうに回し、誰もが言いたかったけど我慢していたことや、こんなの間違ってると思いながらも抑え込んできたことを、読者の代わりにズバッとスパッと言葉にしてくれる。

彼らに共通するのは〈刷り込み〉だ。男はこうあるべき、女はこうあるべき、人はこうあるべき、性はこういうのが普通、こういう女が好かれる、幸せとはこういうもの――という刷り込み。そして世にはびこる強固な刷り込みは、多くの人が日々の生活の中で悩んでいることでもある。女性はあらゆる場所でその刷り込みに出くわすし、男性だって「男かくあるべし」という押し付けに反発したくなるときはあるはずだ。

ドラマ化の際、センシティブな問題を多く含んでいることもあり、著者の坂木司自身が脚本を監修し、全四話すべて、セリフにかなり手を入れたという。中でも著者が「違う」と感じたのは、みきの上司・板倉のバースデイを祝う場面だったそうだ。もともとの脚本には「おじさんがあの歳《とし》で誕生日ケーキって」という意味のセリフがあった。だが坂木はそれを削除するよう頼んだ。

この件について、坂木から貰《もら》ったメールをそのまま引く。

「男だから、年が上だから。それもまた差別でしょう。みきが尊重されるなら、板倉だって尊重されなければいけない」

本書が心地よいのは、ここだ。みきが、あるいはみきのような人が差別されてはいけない、という話ではない。誰もが、差別されてはいけないのである。本書にはそのメッセージが通底している。

みきはその象徴だ。刷り込みから最も遠いところを、自ら選んだ人物。風当たりは承知の上で、自分が自分であることを選んだ人物。そんなみきが、様々な刷り込みに心をすり減らしている私たちの気持ちを代弁してくれるからスカッとするのである。

さらにもうひとつ、気持ちいい要素がある。後藤の存在だ。

最初はかなり失礼な言葉を、失礼という自覚もなく口にしていた後藤。けれどみきに怒られ、何がダメなのか説明され、あるいは自分で調べ、どんどん学んでいく。もう同じ言葉は使わない。同じ失敗は繰り返さない。人は学べるのだと、彼を見て胸が熱くなった。後藤の変化はこの物語のもうひとつの重要なテーマだ。

私もかつて、知らずに失礼な言葉を使っていた時代がある。そういう人は多いだろう。だが、だったら学べばいい。わからなければ調べればいい。教わればいい。自分の考えが根拠のない刷り込みかもしれないということに気づけば、人は自分で自分を成長させることができるのだ。後藤はそれを教えてくれる。

もともと後藤はフラットな視線の持ち主だ。彼はみきの外見がどうであろうと内面がどうであろうと、みきのことを「高校時代のダチの小川」として見ている。それはみきを性別や属性ではなく、個として見ているということに他ならない。

本稿の冒頭で書いた、ドラマや小説の序盤と終盤での私の変化は、そこだ。物語に触れるうちに、いつしかみきの属性はまったく気にならなくなる。そんなものより、どんな人間かということの方が大事だ、ということを自然に飲み込んでいく。そんな力が、この『女子的生活』にはある。

みきの闘いを読んでいくうちに、日々の生活の中でたまった疲れや毒がどんどん体から抜けていく気がした。後藤の変化を見ているうちに、自分も変われる気持ちになった。まさに、読むデトックスである。

と同時に、別の効果もあった。

ストレスと闘う毎日も「なんだか悪くないぞ」と思えてくるのだ。

この社会は、嫌だったり腹が立ったりすることだらけ。見当はずれの〈常識〉を押し付けられたり、理不尽な攻撃にさらされたり、もうホントにうんざりする。でも、それをあるときは軽やかにかわし、あるときは正面から叩《たた》き潰《つぶ》し、負けたときはこっそり泣いて、でも翌日は高いヒールとっておきのワンピで笑いながら前に進む。これってかっこよくない？　至るところにいる敵に「かかってらっしゃい」と微笑《ほほえ》んで、闘うことを楽しんで。そのパワーこそが女子力と呼ばれるものなんじゃないか。

みきの、自分でも「どういうジャンルにいるのかはわからない」というセクシャリティは、日常での困難も多いし将来の不安もある。それでもみきは、自分で選んだ。そして選んだ性を、力一杯、全力で、謳歌《おうか》している。だったら私たちにもそれができないはずはない。

女子たちよ、楽しもう。闘いを楽しもう。

みきに、そう背中を叩かれた気がした。


（平成三十一年二月、書評家）

この作品は平成二十八年八月新潮社より刊行された。

沢木耕太郎著

深夜特急 1
—香港・マカオ—

デリーからロンドンまで、乗合いバスで行こう——。26歳の〈私〉の、ユーラシア放浪が今始まった。いざ、遠路二万キロの彼方へ！

開 高 健 著

夏 の 闇

信ずべき自己を見失い、ひたすら快楽と絶望の淵にあえぐ現代人の出口なき日々——人間の《魂の地獄と救済》を描きだす純文学大作。

小川一水著

こちら、郵政省特別配達課
（1・2）

家でも馬でも……危険物でも、あらゆる手段で届けます！　特殊任務遂行、お仕事小説。特別書下し短篇「暁のリエゾン」60枚収録！

吉川トリコ著

マリー・アントワネットの日記
(Rose/Bleu)

男ウケ？　モテ？　何それ美味しいの？　時代も国も身分も違う彼女に、共感が止まらない！　世界中から嫌われた王妃の真実の声。

はるな檸檬著

れもん、よむもん！

読んできた本を語ることは、自分の内面をさらけ出すことだった——。読書と友情の最も美しいところを活写したコミックエッセイ。

朝井リョウ・飛鳥井千砂
越谷オサム・坂木司
徳永圭・似鳥鶏
三上延・吉川トリコ著

この部屋で君と

腐れ縁の恋人同士、傷心の青年と幼い少女、妖怪と僕!?　さまざまなシチュエーションで何かが起きるひとつ屋根《ふたりぐらし》の下アンソロジー。

高村 薫著　**黄金を抱いて翔べ**

大阪の街に生きる男達が企んだ、大胆不敵な金塊強奪計画。銀行本店の鉄壁の防御システムは突破可能か？　絶賛を浴びたデビュー作。

高橋克彦著　**非　写　真**

一枚の写真に写りこんだ異様な物体。拡大すると現れたのは……三陸の海、遠野の山などを舞台に描く戦慄と驚愕のフォト・ホラー！

田辺聖子著　**朝ごはんぬき？**

三十一歳、独身ＯＬ。年下の男に失恋して退職、人気女性作家の秘書に。そこでアラサー女子が巻き込まれるユニークな人間模様。

須賀しのぶ著　**神　の　棘**（Ⅰ・Ⅱ）

苦悩しつつも修道士となった男。ナチス親衛隊に属し冷徹な殺戮者と化した男。旧友ふたりが火花を散らす。壮大な歴史オデッセイ。

月原 渉著　**首無館の殺人**

その館では、首のない死体が首を抱く――。斜陽の商家で起きる連続首無事件。奇妙な琴の音、動く首、謎の中庭。本格ミステリー。

長崎尚志著　**闇の伴走者**
―醍醐真司の博覧推理ファイル―

女性探偵と凄腕かつ偏屈な編集者が追いかけるのは、未発表漫画と連続失踪事件の謎。高橋留美子氏絶賛、驚天動地の漫画ミステリ。

J・M・ケイン
田口俊樹訳
郵便配達は二度ベルを鳴らす

豊満な人妻といい仲になったフランクは、彼女と組んで亭主を殺害する完全犯罪を計画するが……。あの不朽の名作が新訳で登場。

E・ケストナー
池内紀訳
飛ぶ教室

元気いっぱいの少年たちが学び暮らすギムナジウムにも、クリスマス・シーズンがやってきた。その成長を温かな眼差しで描く傑作小説。

ゴールズワージー
法村里絵訳
林檎の樹

ロンドンの学生アシャーストは、旅行中出会った農場の美少女に心を奪われる。恋の陶酔と青春の残酷さを描くラブストーリーの古典。

サン＝テグジュペリ
河野万里子訳
星の王子さま

世界中の言葉に訳され、子どもから大人まで広く読みつがれてきた宝石のような物語。今までで最も愛らしい王子さまを甦らせた新訳。

サリンジャー
村上春樹訳
フラニーとズーイ

どこまでも優しい魂を持った魅力的な小説……『キャッチャー・イン・ザ・ライ』に続くサリンジャーの傑作を、村上春樹が新訳！

B・シュリンク
松永美穂訳
朗読者
毎日出版文化賞特別賞受賞

15歳の僕と36歳のハンナ。人知れず始まった愛には、終わったはずの戦争が影を落としていた。世界中を感動させた大ベストセラー。

デザイン　石川絢士（the GARDEN）

女《じょ》子《し》的《てき》生《せい》活《かつ》

新潮文庫　さ－77－2

平成三十一年四月一日発行

著者　坂《さか》木《き》司《つかさ》
発行者　佐藤隆信
発行所　株式会社新潮社
郵便番号　一六二―八七一一
東京都新宿区矢来町七一
電話　編集部(〇三)三二六六―五四四〇
　　　読者係(〇三)三二六六―五一一一
https://www.shinchosha.co.jp

価格はカバーに表示してあります。

乱丁・落丁本は、ご面倒ですが小社読者係宛ご送付ください。送料小社負担にてお取替えいたします。

印刷・大日本印刷株式会社　製本・加藤製本株式会社

ISBN978-4-10-136382-0　C0193